U0085056

AT 美語會話教本

ALL
TALKS

教 師 手 冊

1

● 學習出版有限公司 ●

ALL TALKS

PRINTED IN TAIWAN

supervisor	:	Samuel Liu
text design	:	Jessica Y.P. Chen
illustrations	:	Vivian Wang, Amanda Chang
cover design	:	Isabella Chang

ACKNOWLEDGEMENTS

We would like to thank all the people whose ongoing support has made this project so enjoyable and rewarding. At the top of the list of those who provided insight, inspiration, and helpful suggestions for revisions are:

David Bell
Pei-ting Lin
Cherry Cheing
Nick Veitch
Joanne Beckett
Thomas Deneau
Stacy Schultz
David M. Quesenberry
Kirk Kofford
Francesca A. Evans
Jeffrey R. Carr
Chris Virani

序 言

　　編者在受教育的過程中，常覺國內的英語教育，欠缺一套好的會話教材。根據我們最近所做的研究顯示，各級學校的英語老師與關心的讀者也都深深覺得，我們用的進口會話教材，版面密密麻麻，不但引不起學習興趣，所學又不盡與實際生活相關。像一般會話書上所教的早餐，總是教外國人吃的 *cereal* （麥片粥），而完全沒有提及中國人早餐吃的稀飯（香港餐館一般翻成" *congee* "，美國人叫" *rice soup* "）、豆漿（ *soy bean milk* ）、燒餅（ *baked roll* ）、油條（ *Chinese fritter* ）該如何適切地表達？

　　我們有感於一套好的教材必須能夠真正引發學生的興趣，內容要切合此時此地（ *here and now* ）及讀者確實的需求，也就是要本土化、具體化。

　　五年多來，在這種共識之下，我們全體編輯群秉持專業化的精神，實地蒐集、調查日常生活中天天用得到、聽得到的會話，加以歸類、整理，並設計生動有趣的教學活動，彙編成「ＡＴ美語會話教本」這套最適合中國人的會話教材。

　　這套教材不僅在資料蒐集上力求完美，而且從構思到成書，都投入極大的心力。在編纂期間，特別延聘國內外教學權威，利用這套教材開班授課，由本公司全體編輯當學生，在學習出版門市部親自試用，以求發掘問題，加以修正。因此，這套教材的每一課都經過不斷的實驗改進，每一頁都經過不斷地字斟句酌，輸入中國人的智慧。

　　經由我們的示範教學證明這套教材，祇要徹底弄懂，受過嚴格要求者，英語會話能力定能突飛猛進，短時間內達到高效果。這套教材在編審的每個階段，都務求審慎，唯仍恐有疏失之處，敬祈各界先進不吝指正。

編者　謹識

人物介紹

CONTENTS

如何使用 ALL TALKS

ALL TALKS 一套共分兩冊，適合**初級**程度的英語教學。以下分別就教師與學生兩方面說明使用的方法。

For Teachers

1. 老師先帶著同學們唸(A) LET'S TALK 的對話部分，並與解說。然後請 2 位同學起來，或將全班分為兩邊，輪流當 A 與 B，反覆練習，同時由老師糾正同學們的發音及語調。

2. (B) LET'S PRACTICE 的部分為實用例句，經過分類整理後，同學們可以很快地熟悉哪種狀況，該怎麼說。老師可請同學一個個起來唸，增加學生說話的機會。此部分另附有一到二個角色扮演（role-play）活動；同學們可 2 個人一組，馬上將所學的例句靈活運用到會話當中。

3. (C) LET'S PLAY 是較輕鬆的活動設計。老師先講解表中的句型，讓同學們熟悉之後，再 2 個人一組，利用所學的句型進行資料交換的對話活動。老師可在一旁指導，亦可挑選一組上台表演，讓同學們在愉快的心情下學習。

4. 習題（Exercise）可讓同學當回家作業，亦可在課堂上測驗，馬上驗收學習成效。習題解答及全書中文翻譯都附在教師手冊（Teacher's Edition）中。

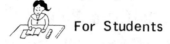

For Students

在課前，學生可先聽一次卡帶，將課文內容預習一遍。下課後再配合卡帶來訓練聽力或加深記憶，復習上課教過的部分。

Nice to Meet You

聽老師唸
並跟著說。

(A) 讓我們一起來說

A：嗨，我是李大衛。
B：很高興見到你，我是安琪拉·林。

A：要喝點飲料嗎？
B：好的，謝謝。

A：安琪拉，妳從事什麼行業呢？
B：我在一家報社工作。

A：妳怎麼認識布朗太太的？
B：我們在一起打網球，你也打嗎？

A：不，但我喜歡打籃球。
B：你是怎麼認識布朗太太的呢？

A：我們在一起學英文。
B：噢！

(B) 讓我們一起來練習

（學習下列語句，並和同伴一起做練習。）

(1) 與陌生人見面

1. 您是布朗先生吧？不是嗎？
2. 對不起，您是湯普生先生嗎？
3. 我們沒見過吧！
4. 你叫什麼名字？
5. 我想我不認識您。
6. 哈囉，我是賴利。
7. 抱歉，我忘了你的名字。

(2) 如何回答

8. 是的，沒錯。
9. 是的，有何指教？
10. 是的，沒錯。那您一定是威廉先生了。

(3) 如何自我介紹

11. 我是查理·布朗。

LESSON 1

12. 我叫莎莉・布朗。
13. 我可以自我介紹嗎？
14. 請讓我自我介紹。

⑷ 如何應對他人的介紹

15. 你好。

16. 哈囉。
17. 很高興認識你。
18. 很高興見到你。
19. 很高興認識你。
20. 久仰大名了。
21. 很高興認識你。

● 練習 1

兩個人一組，輪流扮演與陌生人見面和作自我介紹。請利用下列各種狀況。

> 1. 彼得・布朗先生遇到李派克先生。
> 2. 王莎莉小姐遇到珍・懷特小姐。
> 3. 費歐娜・威爾遜太太遇到威廉・瓊斯先生。
> 4. 李大衛先生遇到珍・懷特小姐。

⑸ 介紹身旁的人

22. 大衛，我向你介紹瑪麗好嗎？
23. 彼得，我希望你認識珍妮佛。
24. 我要向你介紹內人。
25. 這是我的秘書，珍・懷特。

⑹ 喝點飲料

26. 你要不要喝點飲料？

27. 我幫你拿杯飲料好嗎？
28. 你想喝點什麼？
29. 來一杯可樂好嗎？

⑺ 詢問某人的工作

30. 你從事什麼工作？
31. 你在哪裡高就？
32. 你是學生嗎？

● 練習 2

三個人一組，輪流扮演與陌生人見面並作自我介紹。然後再根據下列情況，介紹你身旁的人。

LESSON 1

1. 喬治・布萊克遇到歐文先生和他的同事珍妮佛・陳小姐。

2. 張查理向李瑪麗小姐自我介紹，並為她介紹他的朋友湯姆。然後建議她喝點東西。

3. 你向李大衛先生自我介紹後，再為他介紹你太太，並詢問他的工作。

(C) 讓我們一起來玩遊戲

（先學習下列句型，再和你的同伴交換資料。）

你 你的孩子 你太太 傑夫	好嗎？		我 她 他 他們	很好。
你在哪高就？ 他的工作是什麼？			我	是學生。 在銀行工作。
他 她	結婚了嗎？		他是工程師。	

你 他	有幾個	小孩？ 兒子？

是的，	他 她	已婚。
不，	他 她	還沒結婚。 離婚了。 單身。

＜學生A＞

□ 婚姻狀況：Divorced（離婚）
□ 職　業：Engineer（工程師）
□ 有無小孩：No（沒有）
□ 今日狀況：Much better（好多了）

□ 工作地點：Apple Computer Co.（蘋果電腦公司）
□ 嗜　好：Running（慢跑）
　　　　　Kung Fu（功夫）
她來自 Denmark（丹麥）

LESSON 1

<學生B>

□ 今日狀況：Very good（很好）　　□ 孩子數目：One（一個）

□ 工作地點：Elementary School(小學)　□ 有無兒子：No（沒有）

□ 嗜　好：Reading（閱讀）　　　　□ 職　業：Teacher（老師）

□ 婚姻狀況：Married（已婚）　　　他來自 Vermont（佛蒙特州）

≪習題示範解答≫

（完成下列對話。）

(1) 對話

A：Hello, My name is <u>David Lee.</u> 哈囉，我是李大衛。

B：Hi. My name is <u>Mary Wang.</u> 嗨，我是王瑪麗。

A：Where are you from？你從哪兒來的？

B：<u>I'm from Taipei.</u> Where are you from？我從台北來，你從哪兒來呢？

A：<u>I come from New York.</u> 我從紐約來的。

B：What do you do for a living？你從事什麼工作呢？

A：I'm a <u>computer engineer</u>, and you？我是電腦工程師，妳呢？

B：I work <u>for a publishing company.</u> What do you do in your free time？
我在一家出版社上班，你閒暇時都做些什麼呢？

A：I <u>play golf.</u> How about you？我打高爾夫球，妳呢？

B：I <u>like to read novels.</u> Well, I have to go now. Bye.
我喜歡閱讀小說。嗯，我得走了，再見。

A：Yes, bye-bye. 好的，再見。

(2) 卡通

① <u>Let me introduce myself.</u> I'm Angela Lin. 讓我自我介紹，我是安琪拉‧林。

② It's nice to meet you. I'm Linda. 很高興見到妳，我叫琳達。

③ Angela, this is Philip. 安琪拉，這是菲利浦。

④ <u>Nice to meet you.</u> 很高興認識妳。

⑤ <u>Nice to meet you,</u> too. 我也很高興認識你。

See You Next Week.

聽老師唸
並跟著說。

(A) 讓我們一起來說

A：哈囉，比爾。
B：嗨，珍妮。好久不見了。

A：是啊，最後一次看到你，是在七月的時候。
B：我想是吧。

A：一切都還好嗎？
B：和以前一樣啊。妳呢？

A：馬馬虎虎啦。
B：對了，下禮拜六妳要不要去看電影？

A：太好了！星期四或星期五的時候，打個電話給我，好嗎？
B：好的。嗯，我快遲到了…

A：我也是。保重囉，比爾。
B：下禮拜見。

(B) 讓我們一起來練習

（學習下列語句，並和同伴一起做練習。）

(1) 問候語

1. 早安，史密斯先生。
2. 午安。
3. 晚安。
4. 你好嗎？
5. 我很好，謝謝。
6. 馬馬虎虎啦。
7. 你好嗎？
8. 你過得如何呢？
9. 一切都還好吧？
10. 過得怎麼樣？
11. 一切都還好嗎？
12. 有沒有什麼新發展呢？

LESSON 2

⑵ **很久沒見面**

13. 好長一段時間了，不是嗎？

14. 我好久沒看到你了！

15. 從上次見面到現在，已經好長一段時間了。

16. 好久不見。

17. 最近過得怎麼樣？

18. 最近還好嗎？

19. 真高興再見到你。

20. 能再見到你，真是太好了！

21. 在這兒遇見你，真是太巧了！

⑶ **道別語**

22. 再見。

23. 再見，湯姆。

24. 晚安，海倫。

25. 明天見。

26. 待會兒見。

27. 再見。

28. 再見。

29. 真高興見到你。

30. 能見到你，真好。

31. 能見到你，真是太好了。

32. 再一次見到你，真開心。

⑷ **問候他人**

33. 請代我問候你的家人。

34. 請替我向他問好。

35. 請代我向她致最深的祝福。

36. 請代我問候珍。

37. 請代我向他們致上最深的祝福。

38. 我母親要我代她，向您致上最誠摯的祝福。

● **練習 1**

利用學過的句型，扮演下列各種角色。

1. 約翰在街上，巧遇他的老朋友湯姆。他們已經三年沒見了。

2. 珍在雜貨店前面，巧遇同班同學裘蒂，並請裘蒂代她向她的媽媽致上問候之意。

3. 湯尼巧遇朋友麥可，並詢問他的大學生活。

4. 某天上午，威爾遜太太巧遇鄰居瓊斯先生，他們開始聊天。

LESSON 2

(5) 辭別

39. 我得說再見了。

40. 我得走了。

41. 我該回去了。

42. 我該告辭了。

43. 我該回家了。

44. 我想，我該告辭了。

45. 好了，我想，是該告辭的時候了。

46. 希望您也能到我家來坐坐。

47. 和你聊天眞的很愉快。

48. 我玩得很開心。

49. 請慢走。

50. 你能來，眞是太好了。

● 練習 2

　　二或三個人一組，根據下列的情況，輪流練習道別語。

1. 李先生離開威爾遜夫婦的宴會，要開車回家。

2. 懷特小姐要離開亞倫家，並邀請他們，改天到她家去。

3. 大衞要離開王太太家，並謝謝她招待的一餐可口佳餚。

(C) 讓我們一起來玩遊戲　　　　　　● 全班同學

（先學習下列的句型，再一起做活動。）

你	多話嗎？ 結婚了沒？	是的，我是。 不，我沒有。
你	有一個大家庭嗎？ 喜歡狗嗎？	是的，我有。 不，我沒有。

LESSON 2

你	在四月出生嗎？ 昨天在家嗎？	是的，我是。 不，我不是。
你	昨晚看了電視了嗎？ 昨天收到信了嗎？	是的，有啊。 不，沒有。

● 找找看，你的班上同學誰…

① ＿＿＿＿ 喜歡貓。

② ＿＿＿＿ 喜愛電影。

③ ＿＿＿＿ 已經結婚了。

④ ＿＿＿＿ 有三兄弟。

⑤ ＿＿＿＿ 昨晚在家。

⑥ ＿＿＿＿ 生於七月。

⑦ ＿＿＿＿ 在節食。

⑧ ＿＿＿＿ 需要一個新女朋友。

⑨ ＿＿＿＿ 想和你去看電影。

⑩ ＿＿＿＿ 會做菜。

⑪ ＿＿＿＿ 不喜歡辛辣的食物。

⑫ ＿＿＿＿ 有一個有趣的工作。

LESSON 2

≪習題示範解答≫

（完成下列對話。）

(1) 對話

A：It's getting late. I'm afraid <u>I must be going</u>. 很晚了，我想我該走了。

B：It was nice <u>having</u> you over. 你能來，真是太好了。

A：I'll be <u>seeing</u> you again. 再見了。

B：Please <u>say hello</u> to Judy for me. 請替我向裘蒂問好。

A：I will. And we'll both be looking <u>forward</u> to having you to our house.
我會的。那我們就等你來我們家玩囉！

B：Have a <u>safe trip home</u>. 請慢走。

(2) 卡通

① Good morning, <u>how are you</u>？早安，你好嗎？

② I'm fine. <u>And you</u>？我很好，你呢？

③ Fine, thanks. 很好，謝謝。

④ How's your family？你的家人好嗎？

⑤ <u>They're very well</u>, thank you. 他們很好，謝謝你。

⑥ Please <u>say hello</u> for me. 請替我向他們問候一下。

⑦ Thanks I will. 謝謝你，我會的。

Thank You for Your Help

聽老師唸
並跟著說。

(A) 讓我們一起來說

A: 對不起，能請你幫我一個忙嗎？
B: 當然，只要在我的能力範圍之內。

A: 請你用這架相機，幫我們拍張照好嗎？
B: 好的。

A: 這架相機很容易操作的，只要按下這個按鈕就可以了。那我們就坐在這張長椅子上……這樣可以嗎？……還是這樣比較好？
B: 這樣很好。

A: 謝謝你的幫忙。
B: 不客氣。

(B) 讓我們一起來練習

（學習下列語句，並和同伴一起做練習。）

(1) 請求協助

1. 請幫我一下。
2. 幫幫我，好嗎？
3. 請你幫幫我。
4. 我是否能請你幫個忙。
5. 請你幫我一下好嗎？
6. 請你幫助我好嗎？
7. 你能幫我嗎？
8. 你介意幫忙我一下嗎？
9. 幫我一個忙好嗎？
10. 能請你幫我一個忙嗎？

(2) 如何回答

11. 當然，我很樂意。
12. 當然可以，我能幫你什麼忙呢？
13. 當然。
14. 好的。
15. 當然，只要在我的能力範圍之內。
16. 好的，什麼忙呢？
17. 沒問題，包在我身上。
18. 我怎麼幫你呢？

LESSON 3

● 練習 1

角色扮演：兩個人一組。其中一人的車壞了，另一人停下來查看一下怎麼回事。根據下列的情況，分別請求協助。

1. 車子好像快沒油了，你需要有人載你一程，到最近的加油站。

2. 車胎沒氣了，你需要有人幫忙你換胎。

3. 車子的引擎出了點問題，你需要有人替你叫輛拖吊車。

(3) 道謝

19. 非常感激。

20. 多謝了。

21. 萬分感激。

22. 你真是太好了。

23. 謝謝你的好心。

24. 謝謝你幫我打的電話。

25. 謝謝你的誇獎。

26. 非常感激你。

27. 感激之至。

28. 我非常感激你。

29. 謝謝你的幫忙。

30. 感激之至。

31. 真不知道要如何感謝你。

32. 還是謝謝你。

(4) 別客氣

33. 別客氣了。

34. 這是我的榮幸！

35. 這實在是我的榮幸！

36. 哪裏，你別客氣了。

37. 不客氣，這不算什麼啦。

38. 一點兒也不麻煩。

LESSON 3

● **練習 2**

開頭請用「能請你幫我一個忙嗎？」的用法。

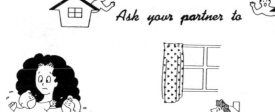

1. 需要有人幫你看小
孩，因為今晚你有
個重要的約會。

2. 幫你割草，因為你
得用拐杖走路。

3. 幫忙妳，因為妳的
行李太重了。

⒞ 讓我們一起來玩遊戲

（先學習下列句型，再和你的同伴交換資料。）

她的	頭髮是	棕色的。 藍色的。 黑色的。
他的	眼睛是	

他有	鬍子。 大鼻子。 兩道濃眉。
他有	

他	戴眼鏡嗎？
	留有微髭嗎？

她	留	馬尾嗎？ 兩條辮子嗎？ 直髮還是捲髮？

我想 或許 也許	他 她	有一張長臉。 是禿頭。

LESSON 3

● **遊戲1**

〈學生Ａ〉

幫忙你的同伴，藉由回答他的
（她的)問題,來完成下面的人像。

和同伴交換資料，把人像畫在
下列空白處。

〈學生Ｂ〉

幫忙你的同伴，藉由回答他的
（她的)問題，來完成下面的人像。

和同伴交換資料，把人像畫在
下列空白處。

⇨ 給你的同伴看看你的畫吧，看看誰是天才藝術家！

● **遊戲2 ──全班一起玩**

「警察藝術家」能只憑受害者的描述，而畫下他們從未謀面的罪犯。
挑選班上同學中的兩個人，一個當「警察藝術家」，另一個當罪犯，其他
同學當受害者。藝術家可以詢問受害者有關罪犯的模樣；如果藝術家猜出
罪犯是誰之後，罪犯就是下一個「警察藝術家」。

LESSON 3

≪習題示範解答≫

（完成下列對話。）

(1) 對話

A : May I ask <u>you a favor</u>？能請你幫個忙嗎？
B : <u>Of course</u>. 當然可以。

A : Would you be so <u>kind</u> as to help me <u>carry this baggage</u>？
請你大發慈悲，幫我提這件行李好嗎？
B : No <u>trouble at all</u>. Here you are. 一點也不麻煩，來吧，我幫你提。

A : Thank you very much. 非常感激。
B : You're quite welcome.　It was my pleasure.
別客氣，這是我的榮幸啊。

(2) 卡通

① Thank you for <u>a very enjoyable evening.</u> 今晚太棒了，眞謝謝你。

② Don't mention it. I hope you can come again soon.
別客氣，希望你很快能再過來坐坐。

① Thanks a lot. 多謝了。

② Not <u>at all</u>. 哪裏。

① Excuse me, but could I ask <u>you to give me a hand</u>？
對不起，能不能請你幫幫我呢？

② Certainly, <u>I'd be glad to.</u> 當然可以，我很樂意。

③ I wonder if I could <u>ask another favor of you.</u>
我能不能再請你幫我一個忙？

④ By all means.　<u>What can I do for you</u>？當然可以囉，我能幫妳什麼忙呢？

Lesson 4

Would You Please Open the Window?

聽老師唸
並跟著說。

(A) 讓我們一起來說

A：噢，這間房間煙霧瀰漫的，一定有人在
　　這裏抽過煙。請妳打開窗戶好嗎？

B：好的。沒錯，我們需要新鮮空氣。

A：我想應該可以了，謝謝妳了。

A：你不知道今天的報紙在哪裏嗎？

B：我在客房裡有看到啊。

A：抱歉，麻煩你一下，你去幫我拿來好嗎？

B：我很樂意。拿去吧！

A：非常謝謝。

(B) 讓我們一起來練習

（學習下列句型，並和同伴一起做練習。）

(1) 如何請求

1. 請把我的外套拿給我，好嗎？

2. 請載我一程，好嗎？

3. 對不起，我們失陪一下。

4. 不知道您願不願意幫我們看
　顧一下小孩。

5. 你介意把煙熄掉嗎？

6. 請你打開窗戶好嗎？

(2) 如何回答

7. 好的，可以。

8. 當然可以。

LESSON 4

9. 不，一點也不（介意）。

10. 不，當然不會（介意）。

11. 抱歉，我不行。

12. 抱歉我沒有辦法，那天晚上我有別的事要做。

13. 真抱歉，大概不行喔。

14. 恐怕不行喔。

● **練習 1**

　　兩個人一組，輪流請求協助和回答。

---

1. 借錢給你（但我自己也經濟拮据。）

2. 今天晚上載你回去（車子還在修車廠裏。）

3. 幫你一起做家庭作業（我也覺得很難。）

4. 幫你開一下窗戶（我感冒了。）

擲銅板決定回答要用「好」還是「不好」，然後就照著回答。如果不能幫忙，請解釋原因。

⑶ **請求准許**

15. 我能借用一下你的電話嗎？

16. 我能坐在這兒嗎？

17. 我能借用一下你的割草機嗎？

18. 不知我能否私下和你談一談。

19. 我可以抽煙嗎？

20. 你介意我轉到別台嗎？

⑷ **幫別人做事**

21. 要我叫醒你嗎？

22. 要我替你寄信嗎？

23. 你要我去機場接你嗎？

⑸ **如何回答**

24. 好的，謝謝你。

25. 你真好。

26. 不用了，謝謝。我自己來就可以了。

27. 不，不用了。還是很感激你。

28. 不用了，沒關係。還是謝謝你

LESSON 4

● 練習2

兩個人一組，依照下列的圖片和文字，輪流要求和接受協助。

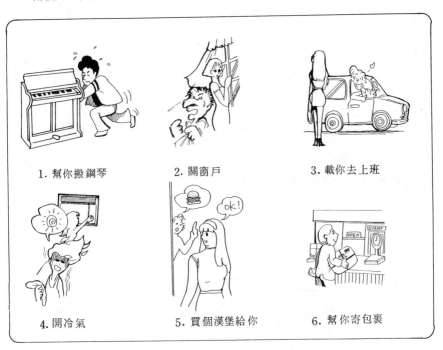

1. 幫你搬鋼琴　　2. 關窗戶　　3. 載你去上班

4. 開冷氣　　5. 買個漢堡給你　　6. 幫你寄包裹

(C) 讓我們一起來玩遊戲

（學習下列句型，再和你的同伴交換資料。）

我能	借用 使用	你的車嗎？ 這支鋼筆嗎？
我需要用它來		帶我的女朋友出去玩。 寫一封信。

當然可以。
拿去用吧。

LESSON 4

	我已經借給別人了。 我自己也要用。 我不想借給別人用。	還是謝謝你。
抱歉，		

● 另外再想三樣你不常借給別人用的東西，填進下列的框框裏：

● 現在，請你的同伴借給你這些東西，並解釋你要借用的原因。你的同伴答應了幾次呢？

➪ 你的同伴想要借些什麼呢？爲什麼？

借／不借	借／不借	借／不借	借／不借	借／不借

LESSON 4

《習題示範解答》

（完成下列對話。）

(1) 對話

A : Hi, Jane, <u>would you</u> buy 3 stamps for me, please ?
嗨，珍，請妳幫我買三張郵票好嗎？

B : Yes, <u>certainly</u>. And <u>shall I</u> mail this letter, too ?
當然好啊，那這封信也要我幫你寄嗎？

A : Yes, please. By the way, <u>could you</u> lend me the typewriter tonight ?
好的，謝謝。對了，今天晚上打字機借我用好嗎？

B : I'm sorry, but I can't. I have to type my midterm papers tonight.
抱歉，不行吧！今天晚上我要打期中報告。

A : I see. 噢，這樣子。

(2) 卡通

① Would you <u>mind</u> if I borrowed your car ? 你介意我借用一下你的車嗎？

② Well, when exactly ? 那，你要借到什麼時候呢？

③ Until Thursday of next week. 下禮拜四。

④ I'm sorry, but <u>it's just not possible.</u> 真抱歉，大概不行喔。

How about a Game of Tennis?

聽老師唸
並跟著說 。

(A) 讓我們一起來說

A：咱們找個時間聚一聚吧 ，妳意下如何 ？
B：好啊 ，妳想要怎麼個聚法 ？

A：明天下午 ，妳有空嗎 ？
B：我想是的 。

A：那麼 ，去打網球如何 ？
B：太棒了！幾點去呢 ？

A：兩點會不會太早 ？
B：不會的 ，剛剛好 。要我去妳家接妳嗎 ？

A：在體育館碰頭比較好吧 。
B：好的 ，那麼 ，一言爲定囉 ！

(B) 讓我們一起來練習

（ 學習下列語句 ，並和同伴一起做練習 。）

(1) 詢問提議

1．我們今天晚上要做什麼呢 ？
2．你今天晚上想吃點什麼 ？
3．你想什麼時候去看她 ？
4．我們要如何度過週末呢 ？
5．你建議我們舞會要邀請誰呢 ？

(2) 提出建議

6．和我去打網球如何 ？
7．開車去兜風怎麼樣 ？
8．你要喝杯酒嗎 ？
9．你覺得我們現在就出發怎麼樣 ？

LESSON 5

10. 你何不進來裏面等吧？
11. 我們進城去吃晚餐怎麼樣？
12. 再來一杯如何？
13. 現在就走怎麼樣？
14. 我們去散步吧！
15. 我們去散散步好嗎？
16. 我們去散散步吧，好嗎？
17. 你不想去散散步嗎？
18. 我們可以去散散步嗎？
19. 去散散步，好嗎？
20. 我建議我們明天去看她。
21. 去酒館怎麼樣？

● **練習1**

兩個人一組，A詢問別人的建議，B則照著圖片提出建議。

1. 星期天　　2. 明天　　3. 今天晚上

4. 週末　　5. 暑假　　6. 明天晚上

LESSON 5

(3) **接受建議**

22. 好啊，好主意。
23. 好啊，那一定很棒。
24. 好啊，不錯喔。
25. 好啊，很棒的點子。

(4) **拒絕建議**

26. 不，我不行。
27. 不，我覺得那樣不好。
28. 嗯，我不太想去，如果你不介意的話。
29. 嗯，我不太確定，我真的不太喜歡。

● **練習 2**

兩個人一組，輪流接受和拒絕下列的建議。

> 1. 我們去散步吧！
> 2. 星期天開個舞會如何？
> 3. 今晚去吃中國菜怎麼樣？
> 4. 我們現在出發吧！
> 5. 今晚你想和我一起看電視嗎？

(C) **讓我們一起來玩遊戲**

（先學習下列句型，再和你的同伴交換資料。）

你覺得	今晚去看場電影如何？
你想	去散散步嗎？ 和我一起去嗎？

嗯，	這主意不錯，	但是今天晚上沒有好看的片子。
	我寧可在家看電視，	如果你不介意的話。
		如果你不介意的話。

我很想去，但是	我明天要考試。
	我現在得出去買東西。

LESSON 5

● 請看一看你們的角色卡，然後就開始扮演。

<學生A>

> 你打電話約你的同班同學珍妮，今天晚上一塊兒出去。你正看著分類廣告，並提出建議。

> 你的女朋友打電話給你，討論一下明天要做些什麼，因為明天是星期天。但是你想做些別的事。試著拒絕她的建議，並提出另一個建議。

<學生B>

> 妳的同班同學湯姆，打電話邀妳一起去消磨時間，但是妳不想去。試著婉拒他的好意。

> 妳打電話給妳的男友，並提議如何一起度過週日。利用下列的提議。

≪習題示範解答≫

（完成下列對話。）

(1) 對話

A： Would you like a drink? 你要喝杯酒嗎？

B： Thanks! Why don't you sit down? 謝謝！你為什麼不坐下來呢？

A： Would you care for another one? 再來一杯如何？

B： No thanks. What do you say we go for a drive?
不了，謝謝。我們開車去兜風怎麼樣？

LESSON 5

A : Sure, <u>let's</u> go to my place. 好啊，那就到我家去吧！
B : It <u>might</u> be <u>better</u> if we went somewhere else.
到別的地方去，比較好吧！

(2) 卡通

① It's terribly hot today.　Let's <u>go swimming</u>.
今天奇熱無比，我們去游泳吧。

② That's a <u>good idea</u>. 好主意！

① <u>Would you like to</u> go for a drive? 妳想開車去兜風嗎？

② I wish I could, but <u>I have to go shopping now.</u>
我很想去，但是我現在得出去買東西。

③ That's too bad. 眞可惜！

Lesson 6 I Beg Your Pardon?

聽老師唸
並跟著說。

(A) 讓我們一起來說

A：對不起，請問那裏是史密斯教授的辦公室嗎？
B：啊？請再說一遍？

A：到史密斯教授的辦公室怎麼走？
B：請再重覆一遍好嗎？

A：我在找史密斯教授！
B：噢，那我剛才沒聽錯。

A：我不懂，你這話是什麼意思？
B：抱歉，我就是史密斯教授。

A：噢，眞對不起。
B：沒關係的。

(B) 讓我們一起來練習

（學習下列語句，並和同伴一起作練習。）

(1) 我沒聽到你說的話

1. 抱歉，我沒聽清楚你剛才說的話。
2. 我沒聽到你剛剛說的話。
3. 我沒聽到。
4. 我聽不清楚。
5. 眞抱歉，我不知道你說些什麼。

(2) 你剛才說什麼？

6. 請再說一遍？
7. 你介意再重覆一次你剛才說的話嗎？
8. 再說一遍好嗎？
9. 能請你再說一遍嗎？
10. 你介意再說一遍嗎？
11. 請你再說一次好嗎？

LESSON 6

12. 你可以再說一遍嗎？
13. 你剛剛說什麼？
14. 你說什麼？
15. 請再說一次你的大名。
16. 請你說慢一點，好嗎？
17. 請你說大聲一點，好嗎？

⑶ 什麼意思？

18. 你這是什麼意思？
19. 你的用意為何？
20. 你懂我的意思嗎？
21. 現在你懂了嗎？
22. 我說得還不夠清楚嗎？
23. 你是說，我現在該走了嗎？

● **練習 1**

　　請幫助這位麥當勞店員，問問看她那些口齒不清的客戶們，剛才說些什麼，使她能了解他們的意思。

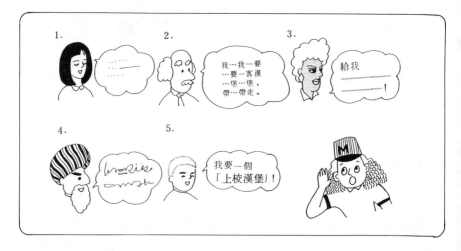

⑷ 現在，我懂了

24. 啊，我懂了。
25. 我明白了。
26. 我知道了。
27. 我懂了。

28. 我瞭解了。
29. 是這樣子的嗎？
30. 這樣子沒錯吧？
31. 真的是這樣子嗎？

LESSON 6

● **練習 2**

兩個人一組，選一個其中一人很了解，但另一個人對此一無所知的話題。這位「專家」要向另一個人解釋這個話題的意思，使他能夠明白；而非專家也應求徹底了解。然後，再互換角色。

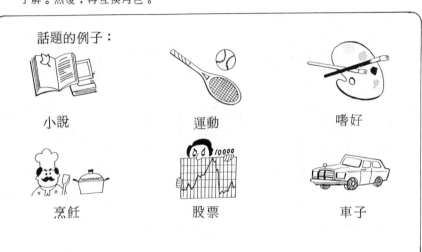

話題的例子：

小說　　　　　　運動　　　　　　嗜好

烹飪　　　　　　股票　　　　　　車子

◆ (C)讓我們一起來玩遊戲的暖身運動 ── 不可數名詞

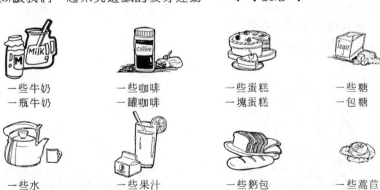

一些牛奶　　　一些咖啡　　　一些蛋糕　　　一些糖
一瓶牛奶　　　一罐咖啡　　　一塊蛋糕　　　一包糖

一些水　　　　一些果汁　　　一些麵包　　　一些蒿苣
一杯水　　　　一盒果汁　　　一條麵包　　　一顆蒿苣

LESSON 6

(C) 讓我們一起來玩遊戲

（先學習下列句型，再和你的同伴交換資料。）

你的 他們的			我 我們 他們		一副手套。 一包茶葉。
他的 她的	袋子裏	裝著什麼東西？	他 她	有	一些糖。 兩本書。

你		一副手套嗎？	是的，	我有。
	有	兩本書嗎？		他有。
他		一些糖嗎？	不，	我沒有。
				他沒有。

〈學生 A〉

● 問問你的同伴，看他（她）是
　否有下列幾樣東西；如果有，
　就在那樣東西上做個記號。

● 以下是你所擁有的東西。

LESSON 6

- 問問你的同伴，他（她）的籃
  子裝了些什麼，然後一樣一樣
  地畫下來。

- 以下是你的行李箱裏的東西。

<學生B>

- 以下是你的東西。

- 以下是你的籃子裏的東西。

- 問問你的同伴，看他（她）是
  否有下列幾樣東西；如果有，
  就做上記號。

- 問問你的同伴，他（她）的行
  李箱裏裝些什麼，然後一樣一
  樣地畫下來。

LESSON 6

≪習題示範解答≫

（完成下列對話。）

(1) 對話

A : I think George may have had a little help on last week's test. Do you <u>follow</u> me?
我覺得喬治在上星期的考試中，可能不是憑他自己的本事考的。你知道我的意思嗎？

B : No. What do you <u>mean</u> by that? 不懂，你這麼說是什麼意思？

A : Isn't my meaning clear? He made an A, even though he didn't study.
我說得還不夠清楚嗎？他都沒唸書，還考個A呢！

B : What are you <u>driving</u> at? Do you <u>mean</u> to say that he might have been cheating?
你這話是什麼意思？你是說他可能有作弊？

A : Uh-huh. 嗯，是的。

B : Oh! Now I <u>understand</u>. 啊，我懂了。

(2) 卡通

① Oh! I <u>beg</u> your <u>pardon</u>! 噢，真對不起！

② That's quite <u>all right</u>. 沒關係啦。

① I didn't <u>catch</u> what you just said. Would you mind <u>repeating</u> that, please? And this time speak a little <u>louder</u>?
我沒聽到你剛才在說些什麼？你介意再說一遍嗎？這次請講大聲一點。

Lesson 7 **Congratulations!**

聽老師說
並跟著唸。

㈐ 讓我們一起來說

A：你穿著這套畢業禮服，看起來眞出色啊！
B：謝謝，鮑伯叔叔。

A：恭喜你，我眞的以你爲榮。
B：你眞好。

A：你要找個新工作嗎？
B：是啊，我想是的。

A：那麼，我相信你一定會成功的。
B：我已經在申請研究所了，鮑伯叔叔。

A：太好了！我總覺得你是個學者的材料。
B：希望如此。

㈑ 讓我們一起來練習

（學習下列語句，並和同伴一起做練習。）

(1) 稱讚

1. 你和往常一樣，看起來氣色很好。

2. 你的氣色不錯。

3. 你穿著這件新衣，看起來很漂亮。

4. 你對穿著的品味一定很高的。

5. 你眞有幽默感。

6. 這套衣服非常適合你。

7. 你穿的這件套裝很漂亮。

8. 這條領帶和你的外套很搭配。

9. 這條領帶和你的外套很搭配。

10. 你留這樣的髮型，看起來美極了。

LESSON 7

11. 你好像總是如此出類拔萃。
12. 你有驚人的記憶力！
13. 你真是了不起！
14. 你的作文真的寫的很好。

(2) **回答**

15. 謝謝你。
16. 謝謝你的誇獎。
17. 你也很不錯呀！

● **練習1**

　　兩個人一組，根據下列的情況，輪流稱讚和應對。

1. 你今天穿了新衣。
2. 你昨天剪了頭髮。
3. 你剛背誦完羅伯・福斯特的一首長詩。
4. 你的朋友吉姆・威爾遜很會用筷子。

(3) **祝賀**

18. 恭喜你！
19. 恭喜你調升成功！
20. 恭喜你考上了。
21. 恭喜恭喜！我就知道你會成功的。
22. 我要給你最誠心的祝賀。

23. 恭喜你畢業了！
24. 恭喜你結婚了！

(4) **回答**

25. 謝謝你。
26. 我想我只是運氣好罷了。
27. 謝謝，希望你能來參加我們的結婚喜宴。

● **練習2**

　　兩個人一組，根據下列的情況，輪流扮演各種角色。

LESSON 7

1. 畢業　　2. 結婚　　3. 生小孩　　4. 昇遷

⑸ **特殊場合**

28. 耶誕快樂！

29. 新年快樂。

30. 復活節快樂！

31. 感恩節快樂！

32. 祝你永遠快樂！

33. 祝你生日快樂！

34. 結婚五十週年快樂！

⑹ **回答**

35. 謝謝你！

36. 你也是！

● **練習 3**

　　兩個人一組，依據下列的各個節日，用適當的語句互相寒喧。

LESSON 7

(C) 讓我們一起來玩遊戲
●全班一起玩

（先學習下列句型，再一起做活動。）

它是一種	動物嗎？ 水果嗎？ 建築物？ 工具嗎？

它是	在海裏面的嗎？ 很貴的嗎？ 在城裏的嗎？ 有用的嗎？

我們能	用它來寫字嗎？ 吃它嗎？ 在教室裏找到它嗎？

●「比手劃腳」是一種猜謎遊戲，不用言語來溝通是它的前提。
　以下是遊戲的方法：

①抽一張寫有一個字的小
　紙條。

②看一看紙條上的字，
　但不要讓別人看到。

③開始比手劃腳，表演出那個字
　的意思，讓其他同學猜猜看。

Monkey

A crazy man?

④如果有人猜得很接近了，就指
　向他們；然後用手指在空中劃
　個圈兒，表示要他們繼續問下
　去的意思。

Is it some kind
of animal?

Bird, horse,
lion, elephant,
fish, dog....

⑤如果有人猜中你
　的謎底，你就可
　以換人了。

I know!
"Monkey!"

⑥全班分成兩組，哪一組在預
　定的時間內猜對愈多謎題，
　哪一組就贏！

Who wins?

LESSON 7

(D) 讓我們一起來看

● 兩個人一組

這裏發生什麼事了？接下來可能又會怎麼樣呢？兩個人一組，想一想窗戶後面可能有什麼樣的故事？

有	三個人 兩個男孩 一個男人和 一個女人	在窗戶裏。 在房間裏。
有一個人		

她 他	正在	看報紙。 彈鋼琴。
他們	正在	打牌。
我	正在	練習舉重。

我 他們	試著	去	努力練習	因為	我 他們	明天有場表演。
那父親	試著		阻止求婚		他	不喜歡他女兒的男友。

● 和你的同伴比較一下你們想出來的
   故事，也為自己編一個故事吧！

LESSON 7

≪習題示範解答≫

（完成下列對話。）

(1) 對話

```
A : You look very nice. 你看起來真美。
B : Thanks!  So do you. 謝謝！你也很美啊！
```

A : That's a beautiful tie. 這條領帶真漂亮。
B : Thanks! My mother gave it to me.
　　謝謝！是我母親給我的。

```
A :  Jane and I are getting married. 珍和我要結婚了。
B : Congratulations! 恭喜你！
```

A : Congratulations on winning the election!
　　恭喜你當選了。
B : Thanks! I'll try to do a good job.
　　謝謝！我會盡力做好的。

(2) 卡通

① Congratulations on winning the essay contest!
　恭喜妳贏得了這次作文比賽！

② Thank you, John. 謝謝你，約翰。

③ You sure do write good essays. 妳的作文真的寫得很棒。

④ I love to write, but I was lucky, too.
　我很喜愛寫作，但是我這次也蠻幸運的。

Lesson 8 I'm Sorry for Being Late

聽老師唸
並跟著說。

(A) 讓我們一起來說

A：噢，抱歉，我遲到了，有沒有讓妳等很久呢？
B：不，沒有，我也是一分鐘以前才到的。

A：還好，路上的車子實在太多了。
B：是啊，我知道，尤其是每天的這段時間，情況更糟哩。

A：下次我一定會早點兒出門的。
B：別介意了，這種事誰都發生過的。

A：謝謝妳的諒解。

(B) 讓我們一起來練習

（學習下列語句，並和同伴一起做練習。）

(1) 道歉

1. 我很抱歉。
2. 我很抱歉。
3. 抱歉讓你久等了。
4. 真對不起。
5. 我為我所作的事情，感到抱歉。
6. 是我的錯。
7. 都怪我。
8. 我真的不是故意的。
9. 請原諒我。
10. 我真是太大意了。
11. 我不是有意要傷害你。
12. 請接受我誠心誠意的道歉。
13. 我真的不是故意要這麼做的。

(2) 接受道歉

14. 沒關係。
15. 別再說了，沒關係的。
16. 別在意了。
17. 沒關係，過去就算了。
18. 請別再說抱歉了，你一點也沒有傷到我。
19. 請別再在意了。
20. 該說抱歉的應該是我。
21. 噢，真的沒關係。

LESSON 8

● 練習 1

兩個人一組，利用下列各種狀況，練習向別人道歉和接受別人的道歉。

1. 因為鬧鐘沒響，所以你沒有準時去面試。

2. 輪到你洗衣服，但你把你的室友的好襯衫洗壞了。

3. 你忘了按時交房租了。

4. 你把向同班同學約翰借來的書弄丟了。

5. 你上學又遲到了，老師非常生氣。

6. 你答應了你的女朋友，下班後和她一起去看電影，但是你得加班。

(3) 表示同情

22. 聽到你不幸的遭遇，我很難過。

23. 謹致上我最深的關切。

24. 我要向你致上最深的慰問之意。

25. 請代我向你的家人致上慰問之意。

26. 聽到你父親過世的消息，我感到很震驚。

27. 我真不知道該說些什麼才好。

28. 我為你的喪親之痛感到難過。

29. 言語已不足以表達我的慰問之意。

LESSON 8

(4) **安慰的話語**

30. 我非常能夠體會你的心情。
31. 請別太難過了。
32. 打起精神來吧！

33. 別急，你會成功的。
34. 撐著點兒！
35. 別輕易放棄！

● **練習 2**

兩個人一組，依照下列的情況，輪流表示同情和安慰。

1. 你的朋友珍，她的父親昨天才剛剛過世。你要打電話去安慰她。
2. 你的同班同學裘莉，期中考考壞了。說一些安慰她的話吧。
3. 你的朋友大衛，被公司開除了。說一些鼓勵他的話。
4. 你弟弟明天要參加演講比賽，但是他非常緊張。對他說一些鼓勵的話吧。

(C) **讓我們一起來玩遊戲**

（先學習下列句型，再和你的同伴交換資料。）

我們 我	能 可以	在宿舍裏烹調食物嗎？ 帶狗去雙松購物中心嗎？
可以	抽煙嗎？	
宿舍裏可以 乞丐可以 寵物可以	喝酒嗎？ 吸食非法藥品嗎？ 進入購物中心嗎？	

是的，	可以的。
不，	不可以。 那是違反規定的。

LESSON 8

● 兩個人一組，其中一人看這頁，另一人看下一頁。討論圖片Ａ，但是不要看到你的同伴的那一頁；看看有哪些違法反規定？

<學生Ａ>

● 有哪幾項違反規定？

<學生Ｂ>

B
　　　　學生手冊第六頁

住宿規定和規則：

1. 不能在宿舍裏烹調食物。
2. 室內室外，嚴禁煙火。
3. 午夜過後，不能聽音響。
4. 不能養寵物（除了魚以外）。
5. 不能喝含有酒精的飲料。
6. 不能吸食任何非法藥物。
7. 訪客時間：
　　星期一～星期五 8：00 pm－12：00 pm
　　星期六～星期日 11：00pm－1：00pm

A

● 有哪幾項違反規定？

LESSON 8

≪習題示範解答≫

(1) 對話

A：My husband died last week. 我丈夫上禮拜去世了。

B：I'm sorry to hear of your bereavement. Please accept my deepest condolences. 我為妳的喪夫之痛感到難過，謹致上我最深的慰問之意。

A：It was such a shock. 這真是太突然了。

B：I can understand your feelings. But hang in there.
我能體會妳的心情，但是，妳要節哀順變啊！

A：I just can't go on any more without Joe. 沒有喬，我實在活不下去啊！

B：I don't know what to say. If there's anything I can do, please ask.
我真不知道該說些什麼才好。如果需要我幫忙的話，請儘管來找我。

(2) 卡通

① Oh, I'm so sorry! Please excuse my carelessness.
噢，真抱歉！請原諒我的不小心。

② That's all right. It's doesn't matter. 還好啦，沒關係的。

① Please accept my sympathy for the loss of your husband.
對妳丈夫的死，謹向妳致上我的關切之意。

② That's very kind of you. 妳真好。

Lesson 9 That's Great!

聽老師唸
並跟著說。

(A) 讓我們一起來說

A：生日快樂，艾美莉。
B：謝謝妳！

A：這是送給妳的。
B：噢，真謝謝妳！我可以現在就打開嗎？

A：當然可以，趕快打開吧。
B：哇，好可愛的上衣！謝謝妳！

A：希望能合妳的尺寸。
B：等一等，我試穿一下。

A：哈！剛剛好呢！
B：太棒了！

(B) 讓我們一起來練習

（學習下列語句，並和同伴一起做練習。）

(1) 喜悅

1. 噢，哇！
2. 太好了！
3. 太好了！
4. 太棒了！
5. 太驚人了！
6. 太好了！
7. 太棒了！
8. 我真是太高興了。
9. 萬歲！萬歲！
10. 真是太幸運了。
11. 那太好了。
12. 謝天謝地。

LESSON 9

(2) 悲傷

13．唉呀！天哪！

14．我好難過！

15．我好難過！

16．噢，我的天啊！

17．噢，天呀！

18．多麼悲慘啊！

19．我的天啊！

20．哦，不。

21．眞是太不幸了！

22．太可惜了！

23．眞可惜啊！

(3) 震驚與憤怒

24．你眞是個白痴！

25．你不覺得很丟臉嗎？

26．你眞丟臉！

27．你怎麼敢講這種話？

28．太丟臉了！

29．你應該感到可恥才對。

30．我受夠了！

31．你幹了什麼好事？

32．噢，你怎麼能做出那種事？

33．氣死我了！

34．我眞不敢相信。

(4) 漠不關心與無法置信

35．你眞是一派胡言！

36．你一定是開玩笑的！

37．你是說眞的嗎？

38．你是開玩笑的吧?!

39．我一點也不覺得驚訝。

40．誰在乎呢？

● 練習 1

兩個人一組，輪流告知對方下列各個消息，以及你們所想
得到的事情；根據情況，做適當的回答。

1. 你的狗死了。

2. 你贏了一百萬元獎金。

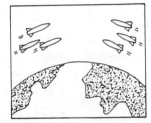

3. 美蘇開戰了。

LESSON 9

4. 你兒子的成績單上，
   全部都是 A 。

5. 你妹妹替男性雜
   誌當模特兒。

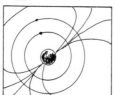

7. 科學家發現冥王星
   還有另一個衛星。

(C) 讓我們一起來玩遊戲

6. 你的工作被電
   腦取代了。

（ 先學習下列句型，並和你的同伴交換資料 。 ）

你 你不	認爲 相信 認爲	幽浮存在嗎？ 電腦能思考嗎？ 還會有另一個戰爭嗎？

也許 或許 也許	那是眞的。 電腦會被淘汰。 世界的領導者會共同簽署和平條約。

要鯨魚 要人類	說話 在核戰 中倖存	是不可能的。 是很困難的。

我	眞的不	贊成。 這麼認爲。 知道。
	不知道。	

LESSON 9

● 兩個人一組，談談未來。問你的同伴看他（她）是否認為下列的事情會發生。

〈學生Ａ〉

飛碟將會降臨地球。

一場核子大戰之後，倖存的人將
會重新像野生動物般地生活著。

電腦將會駕馭人類。

人類將會移居別的星球。

〈學生Ｂ〉

人類將要居住在有圓頂的城市
裏，以免遭受污染之侵襲。

許多老師將會失業，因為孩子
們將利用電視教學來學習。

科學家們將學習與鯨魚交談。

世界大同。

LESSON 9

≪習題示範解答≫

（完成下列對話。）

(1)對話

A : Mom, Dad, I was offered a scholarship to Harvard.
媽媽，爸爸，我申請到了哈佛的獎學金。

B : That's wonderful! I'm so proud of you.
那眞是太棒了！我眞以妳爲榮。

A : But I'm not going. 但是我不去。

B : Oh! My! Why not? 噢，天啊！爲什麼不去呢？

A : I'm marrying my boyfriend instead. 我只想和我的男友結婚。

B : You can't be serious. I just can't believe it.
妳是開玩笑的吧！? 我眞不敢相信！

A : You see, we have to get married. 你知道，我們一定要結婚的啊。

B : Shame on you! I'm fed up with this nonsense.
妳眞丟臉！一派胡言，我受夠了！

(2) 卡通

① Darn it! You ought to be ashamed of yourself.
氣死我了！你眞應該爲你自己的行爲感到可恥。

② Oh, excuse me! 噢，眞對不起！

① Father says we can have a picnic in the park tomorrow.
爸爸說我們明天可以去公園野餐。

② Hurray! 萬歲！

③ But you have to study at home. 但是你得在家唸書。

④ That's not fair! 眞是太不公平了！

Lesson 10 I'll Have a Steak

聽老師唸
並跟著說。

(A) 讓我們一起來說

A： 請給我一張 一個人坐的桌子 。
B： 這邊走 ，先生 。

*　　　　*　　　　*　　　　*

B： 您準備好要點什麼了嗎 ？

A： 是的 ，我想我要一客和那位小姐一樣的牛排 。
B： 那您要吃幾分熟的呢 ？

A： 五分熟 。有沒有附沙拉呢 ？
B： 您可以選沙拉或烤洋芋 。

A： 沙拉聽起來不錯呀 。
B： 那您要喝什麼呢 ？

A： 給我一杯馬丁尼 。
B： 好的 ，先生 ，用餐愉快 ！

(B) 讓我們一起來練習

（ 學習下列語句 ，並和同伴一起做練習 。）

(1) 預先訂位

1. 我想預訂三個人、七點鐘的位子 。
2. 請給我們靠窗的位子好嗎 ？
3. 請給我們一張兩個人坐的桌子 。
4. 你們有四個人坐的桌位嗎 ？

5. 抱歉 ，現在桌位全被訂滿了 。
6. 請你先在吧台那兒等一等好嗎 ？
7. 我要等多久呢 ？

(2) 點菜

8. 你們有素食的菜單嗎 ？

LESSON 10

9. 請問您要點菜了嗎？

10. 你推薦哪一種呢？

11. 我還沒想好要吃什麼。

12. 我要點菜，謝謝。

13. 我要吃這個。

14. 跟他一樣。

15. 您要喝什麼飲料呢？

16. 您準備好要點什麼了嗎？

● **練習 1**

兩個人一組，其中一人當服務生，另一人當餐廳的客人。

1. 你要一張靠窗戶的桌位和一份素食菜單。
2. 服務生準備好要寫你點的菜了，但是，你還沒想好要吃什麼；你要問一問服務生的意見。
3. 座位都被坐滿了；你想知道你還要等多久。

(3) 特別的食物

17. 請給我看看酒單好嗎？

18. 請問你們店裏的酒，可以一杯一杯地叫嗎？

19. 您要吃什麼樣的蛋？

20. 一個煎蛋捲，謝謝。

21. 炒蛋，謝謝。

22. 煮熟一點的蛋，謝謝。

23. 我要吃煎一面的蛋。

24. 我要吃兩面都煎的蛋。

25. 您要吃幾分熟的牛排？

26. 我要吃三分熟的，謝謝。

27. 四分熟，謝謝。

28. 五分熟，謝謝。

29. 全熟，謝謝。

30. 您要喝什麼樣的咖啡？

31. 加糖和奶精的。

32. 我要不加糖的咖啡。

(4) 付帳

33. 請替我們結帳！

34. 咱們各付各的吧！

35. 我該付多少錢？

36. 請幫我們分開算。

37. 服務費算在帳單裏了嗎？

38. 我請客。

39. 你少找錢給我了。

40. 一定是帳單有問題了。

LESSON 10

● 練習 2

兩個人一組，其中一人當服務生，另一人當客人，練習點下列各種食物。然後再互換角色。

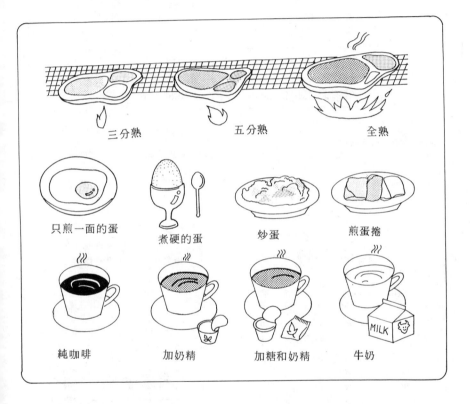

三分熟　　　　　五分熟　　　　　全熟

只煎一面的蛋　　煮硬的蛋　　　炒蛋　　　　煎蛋捲

純咖啡　　　　加奶精　　　　加糖和奶精　　　牛奶

(C) 讓我們一起來玩遊戲

（先學習下列句型，再和你的同伴交換資料。）

您要	點餐了嗎？		我要	一客牛排。
您想點些什麼？				一份薯條。

LESSON 10

您的	牛排蛋	要怎樣煮法？		全熟。 只煎一面。
您要哪種		調味醬？ 甜點？	我要	俄式的。 蘋果派。

您	要喝點飲料嗎？		是的。 現在還不要，謝謝。 恐怕不用了。
	還要其它東西嗎？		

＜學生A＞

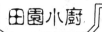

早餐菜單

煎餅	$0.99	冰麥片粥	$0.50
雞蛋餅	$0.99	熱燕麥片	$0.50
吐司麵包	$0.75	＊　＊　＊	
奶油捲	$0.80	咖啡	$1.75
＊　＊　＊		茶	$1.75
煎蛋	$1.50	牛奶	$1.75
炒蛋	$1.50	柳橙汁	$1.75
荷包蛋	$1.50	蕃茄汁	$1.75
水煮蛋	$1.50		
煎蛋捲	$1.50		
＊　＊　＊			
香腸串	$1.00		
火腿	$1.00		
醃肉	$1.50		
＊　＊　＊			

- 點用你的早餐。記住你身上只有 5 元，你的伙伴會記下你的點餐。用餐後，請到櫃枱結帳。

- 現在，由你扮演侍者，記下你的顧客的點餐，並結算一下總額。

天盧餐廳	
1	
2	
3	
4	
5	
6	
total	$
THANK YOU	No 1452

LESSON 10

<學生B>

天盧餐廳

午餐菜單

湯		漢堡	$ 0.99
雞絲湯	$ 1.75	吉事漢堡	$ 0.75
牛肉湯	$ 1.50	牛肉三明治	$ 3.00
蕃茄湯	$ 1.50		
碎豆湯	$ 1.50	**主菜**	
		小牛肉	$ 4.75
海鮮類		烤牛肉	$ 5.00
草蝦	$ 2.50	雞胸肉	$ 3.50
烤魚	$ 4.00	豬排	$ 4.75
水煮龍蝦	$ 5.00	沙朗牛排	$ 5.75
蔬菜類		**飲料**	
烤洋芋	$ 0.75	咖啡	$ 1.75
薯條	$ 0.75	茶	$ 0.75
青豆	$ 0.75	牛奶	$ 0.30
胡蘿蔔	$ 0.75	柳橙汁	$ 0.40
豌豆	$ 0.75	七喜汽水	$ 0.50
花椰菜	$ 0.75		
什錦沙拉	$ 0.75	**甜點類**	
		冰淇淋	$ 0.60
三明治		蛋糕	$ 0.50
醃肉三明治	$ 1.50	蘋果派	$ 1.25
英雄三明治	$ 2.00	布丁	$ 1.25

● 看著菜單，點用你的午餐。記住你身上只有 10元。你的伙伴會記下你的點餐，用餐完畢後，請到櫃枱結帳。

● 現在，由你扮演侍者，記下你的顧客的點餐，並結算一下總額。

田園小廚   No 18

1	
2	
3	
4	
5	
6	
total	$

LESSON　10

≪習題示範解答≫

（ 完成下列對話 。 ）

(1) 對話

A : A table for two, please. We have reservations.
請給我們兩個人的桌位，我們已經預先訂好了。

B : Right this way, please. May I take your order？
請這邊走。請問您要點餐了嗎？

A : I'll have the lobster salad. 我要龍蝦沙拉。

B : And you, madam？小姐，您呢？

C : I'd like the shrimp platter. 我要拌蝦沙拉。

B : And what would you like to drink？
那麼您們想喝點什麼呢？

A : Can you show us the wine list？你可以拿酒單給我們看看嗎？

B : Certainly, sir. 當然可以，先生。

(2) 卡通

① May I help you？需要我幫忙嗎？

② I'll have a hamburger with French fries.
我要一個漢堡和薯條。

① Do you have a table for five？你們有五個人的桌位嗎？

② I am sorry, sir. We are full just now. Would you please wait for a minute？眞對不起，先生，已經客滿了。請稍等一會兒好嗎？

Lesson 11 I Don't Feel Very Well

聽老師唸
並跟著說。

(A) 讓我們一起來說

A：你還好吧？
B：我不太舒服。

A：你看起來很蒼白，怎麼回事？
B：我鼻塞，又頭痛。

A：大概是生病了吧。
B：聽說有一種病菌正流行呢。

A：要不要我幫你和醫生約一下時間？
B：我想我可以等到年度健康檢查的時候。

A：你應該待在床上，並且多喝點流質的東西。
B：或許我只是太過操勞，需要一點休息罷了。

(B) 讓我們一起來練習

（學習下列語句，並和同伴一起做練習。）

(1) 覺得不太舒服

1. 你看起來很蒼白。
2. 你沒力氣。
3. 你怎麼了？
4. 我覺得不太舒服。
5. 我覺得頭暈目眩的。
6. 我對貓毛過敏。

(2) 疼痛

7. 我全身都痛。
8. 我頭痛欲裂。
9. 我喉嚨痛。
10. 我發燒了。
11. 我感冒了。
12. 我咳嗽得很嚴重。
13. 我耳鳴。
14. 我牙痛。
15. 我肩膀痛。

LESSON 11

● **練習 1**

　　兩個人一組，依照下列的情況，輪流詢問對方「你怎麼啦？」，並作答。

(3) **胃不舒服**

16. 我沒有食慾。
17. 我消化不良。
18. 我瀉肚子了。
19. 我便祕。
20. 我拉肚子。
21. 我胃痛。

22. 我想吐。

(4) **受傷**

23. 我想我可能骨折了。
24. 我扭傷了足踝。
25. 我嚴重地出血不止。
26. 我的手燙傷了。
27. 我的手臂受傷了。

LESSON 11

(5) **醫生的囑咐**

28. 我必須待在床上嗎？

29. 你最好暫時先躺在床上休息。

30. 你最好要先讓自己休息一段時間。

31. 我要打針嗎？

32. 你能幫我開些藥嗎？

33. 多久吃一次呢？

34. 你能替我檢查一下嗎？

35. 請你告訴我如何服藥。

36. 有沒有什麼東西要禁食的呢？

37. 我要開刀嗎？

● **練習 2**

兩個人一組，其中一人當醫生，另一個人則如下列各種情況，或生病、或受傷。
患者要說出哪裏不舒服，而醫生則要替他開藥方。

1. 一些阿司匹靈

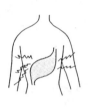

2. X 光

3. 上石膏

4. 喝水和休息

5. 眼藥水

實例：

A：我的眼睛好痛，甚至無法再閱讀了。

B：這樣的情形，有多久了？

A：差不多有兩年了。

B：這麼久了啊？或許你需要配一副眼鏡。

LESSON 11

(C) 讓我們一起來玩遊戲

（先學習下列句型，再和你的同伴交換資料。）

你覺得 你覺得	這樣的組合 保羅和克蘿拉	如何呢？ 怎麼樣？

我覺得 也許 也許	他們 約翰和茉蒂絲	會 不會	成為一對好夫妻， 相處得很融洽，

因為	他們兩個	都喜歡	閱讀。 搖滾樂。
	對克蘿拉來說，保羅太老了。 他們各有所好。		

● 來玩一玩連連看的遊戲吧！你的同伴哪兒有一張三個女人的簡介；先一一詢問她
們的資料，再決定看看哪一對是最佳拍檔。

＜學生Ａ＞

姓名：保羅・克里斯多夫
　　　（未婚、吸煙、四十二歲）
職業：哲學教授
最喜歡的音樂：搖滾樂
嗜好：種花、彈吉他

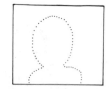

＊　　　＊　　　＊

姓名：約翰・鮑爾斯
　　　（離婚、不抽煙、三十一歲）
職業：卡車司機
最喜歡的音樂：西部鄉村樂
嗜好：閱讀、玩撲克牌

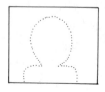

＊　　　＊　　　＊

LESSON 11

姓名：詹姆斯・麥康
　　　（未婚、不抽煙、三十二歲）
職業：銀行家
最喜歡的音樂：古典樂
嗜好：高爾夫球、網球

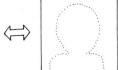

＜學生Ｂ＞

姓名：黛安娜・史密斯
　　　（離婚、抽煙、二十六歲）
職業：女服務生
最喜歡的音樂：搖滾樂
嗜好：占星術、沈思

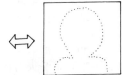

　　　　＊　　　　＊　　　　＊

姓名：克蘿拉・瓊斯
　　　（未婚、不抽煙、二十四歲）
職業：作家
最喜歡的音樂：古典樂
嗜好：養狗、電腦

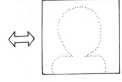

　　　　＊　　　　＊　　　　＊

姓名：茱蒂絲・韋恩
　　　（離婚、有兩個小孩、不抽煙、三十歲）
職業：教師
最喜歡的音樂：爵士樂
嗜好：爲慈善機關募款

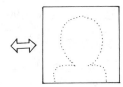

≪習題示範解答≫

（完成下列對話。）

(1) 對話

A：How are you getting on？ 你好嗎？

B：I'm not feeling well today. 今天我覺得不太舒服。

LESSON 11

A : Oh, really? What's the matter? 唔，眞的啊？怎麼啦？
B : I've caught a cold. 我感冒了。

A : That's too bad. 那眞是太糟了。

＊　　　＊　　　＊　　　＊

A : Good morning. What's the trouble? 早啊，你怎麼啦？
B : I've had a pretty high fever since yesterday morning.
從昨天早上開始，我就一直發高燒。

A : Anything else? 還有沒有別的症狀？
B : Yes, I have an upset stomach. 有的，我的胃也不太舒服。

A : I see. We'll take a good look at you.
我明白了。我們會替你好好檢查一下的。

(2) 卡通

① What seems to be the problem? 你哪兒不舒服啊？
② I have a terrible pain in my side. 身體的側邊好痛。

① What's wrong, Tom? You look blue. 湯姆，你怎麼啦？你看起來好頹喪啊。
② Oh, John. I've had a bad toothache since last night.
噢，約翰，從昨天晚上開始，我的牙齒就一直疼痛不已。

Lesson 12 I'm Looking for a Pair of shoes

聽老師唸
並跟著說。

(A) 讓我們一起來說

A：早安，先生，需要我幫忙嗎？
B：是的，我想買一雙鞋子。

A：好的，你穿幾號的鞋子呢？
B：十號。

A：你喜歡什麼顏色呢？
B：我喜歡黑色的。

A：你覺得這雙怎麼樣？
B：不，我不太喜歡。

A：那這一雙呢？
B：我很喜歡，可以試穿看看嗎？

A：請儘管試試看吧！
B：哈！剛剛好呢！

(B) 讓我們一起來練習

（學習下列語句，再和你的同伴一起做練習。）

(1) 在商店裏

1. 你們的營業時間是什麼時候呢？

2. 免稅商店在哪裏呢？

3. 這附近有沒有賣紀念品的商店呢？

4. 這家商店幾點開門？

5. 我能為你效勞嗎？

6. 我能幫得上忙嗎？

7. 我應該到哪一樓才能買到運動器材呢？

(2) 我在找…

8. 我只是隨便看一看，謝謝你。

9. 我還想再多看一看。

LESSON 12

10. 我想買一雙鞋子。

11. 我想看一看書架。

12. 我的錶要換個新電池，應該要到哪一樓才買得到呢？

13. 我在找一件可以搭配這條褲子的襯衫。

14. 我想退還這個東西，可以嗎？

15. 你能退錢給我嗎？

● **練習 1**

　　兩個人一組，輪流問對方「需要我幫忙嗎？」，然後再利用下列各種情況來作答。

1. 只是隨便看一看

2. 退還一支壞錶

3. 要找一件襯衫

4. 詢問營業時間

5. 哪裏可以買到玩具

(3) 檢視商品

16. 這是幾K金的呢？

17. 這是哪一種寶石呢？

18. 這是在哪裏製造的？

19. 這是用什麼做成的呢？

20. 這可以洗嗎？

21. 請讓我試穿這件衣服。

22. 更衣室在哪裏？

23. 這件衣服我不能穿。

24. 袖子太短了。

25. 腰太大了。

26. 太大件了。

27. 有沒有別的尺寸？

28. 你們有沒有同一種款式，但是便宜一點的呢？

29. 我想這不是我要找的樣式，我只好放棄了。

(4) 再作考慮

30. 這個多少錢？

31. 這個價值多少錢？

32. 多少錢呢？

33. 這件商品有品質保證嗎？

LESSON 12

34. 可以打折嗎？

35. 能不能賣便宜一點呢？

36. 不能賣便宜一點嗎？

37. 我決定買了。

38. 我決定買這個。

● **練習 2**

兩個人一組。輪流扮演購物者與店員來練習會話。請利用下列各種狀況。

1. 這件太大了。

2. 你不喜歡它的顏色。

3. 你要品質保證書。

4. 你只有兩百元。

5. 妳想試穿這件絲質洋裝，並知道是哪一個國製的。

6. 盡力說服你的客人買星辰錶，不買卡西歐錶。

● **練習 3**

兩個人一組，利用下面的例子，練習說出各種商品的價格。

A：這件襯衫多少錢？

B：噢，一千二百元。

A：那些皮帶呢？

LESSON 12

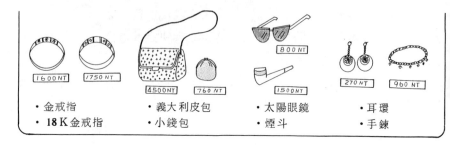

- 金戒指
- 18K金戒指
- 義大利皮包
- 小錢包
- 太陽眼鏡
- 煙斗
- 耳環
- 手鍊

(C) 讓我們一起來玩遊戲

● 全班一起玩

（先學習下列句型，再扮演以下的角色。）

我在找一雙	鞋子。 膠底運動鞋。
你們有沒有	十號的鞋子？

你想要	哪一種的呢？ 什麼尺寸的呢？
在這兒。	

抱歉，我們	沒有	牛仔靴。
	沒有	十號的鞋子。

還是謝謝你。

多少錢呢？
多少錢呢？

我決定買了。
我想我再看一看吧。

● 買賣鞋子 —— 給老師的指示

1. 將全班同學分爲 2 組，一組是顧客，一組是店員。

2. 讓顧客從下列尺寸中挑選一種尺寸。

6	7	8	9	10

3. 每位顧客將所選的尺寸寫在 8 張紙上。老師將這些紙收過來之後，讓每個店員過來抽籤。

4. 每位店員要抽 8 張籤，這些籤上面的號碼就是他店中 8 雙鞋子的尺寸。

LESSON 12

5. 每位店員要在每張籤上寫下他的名字，鞋子的樣式及價錢。

例如：

> **John**
> **Cowboy boots**
> size： 8
> price： US＄15

6. 讓學生們看完下面的角色卡，就可以開始了。

購物者 店 員

> 你們每一個人都有美金100元可以買鞋子；看你能買幾雙，就買幾雙，但只能買適合自己尺寸的鞋子！每買一雙，就把價錢寫下來，也可以向店員討價還價。

> 你用100美元買下八雙鞋，鞋子的樣式如下列各圖。替這些鞋子定下價格後，就賣給購物者，看你能賺多少，就賺多少。（請記住：一雙鞋子只能賣一次。）

牛仔靴
尺寸 ＿＿＿
價格 ＿＿＿

短統軍靴
尺寸 ＿＿＿
價格 ＿＿＿

膠底運動鞋
尺寸 ＿＿＿
價格 ＿＿＿

高跟鞋
尺寸 ＿＿＿
價格 ＿＿＿

涼 鞋
尺寸 ＿＿＿
價格 ＿＿＿

休閒鞋
尺寸 ＿＿＿
價格 ＿＿＿

臥室拖鞋
尺寸 ＿＿＿
價格 ＿＿＿

海盜靴
尺寸 ＿＿＿
價格 ＿＿＿

・你買了幾雙鞋呢？ ・哪一個店員賺的錢最多？

LESSON 12

≪習題示範解答≫

（完成下列對話。）

⑴ 對話

A：　Can I help you, sir?　先生，我能爲您效勞嗎？

B：　Yes, please.　Will you show me some gold chains?
　　好的，謝謝。你拿一些金鍊子給我看看好嗎？

A：　Certainly, sir.　We have a large selection of gold chains.　All of them
　　are in the two-hundred-dollar price range.
　　當然可以的，先生。我們這裏有各式各樣的金鍊子，價格都在二百元以內。

B：　Could I see that one?　那條拿給我看看好嗎？

A：　This one?　這條嗎？

B：　Yes.　是的。

A：　Here you are.　It's fourteen-karat gold.
　　在這兒。這是十四 K 金的。

B：　Really?　Yes, it's very nice, but it's a little too long.
　　眞的啊？這條的確蠻好看的，只可惜太長了。

A：　This one's the same style, but it's shorter.
　　這條是同一種樣式的，而且也比較短一點。

B：　Yes, that's what I'm looking for.　I'll take it.
　　對了，這就是我要找的了。我決定把它買下來。

⑵ 卡通

① Excuse me, where's the women's wear department?
　　對不起，請問女裝部在哪裏？

② It's on this floor, and just over there.　在這層樓，就在那兒。

① This is a little too big.　Do you have something smaller?
　　這件太大了，有沒有小一點兒的？

② Sure.　當然有。

Lesson 13 I'd Like to Send This Package

聽老師唸
並跟著說。

(A) 讓我們一起來說

A：我想把這個包裹寄到臺灣去。
B：裏面裝的是什麼？

A：是衣服。
B：妳要寄掛號嗎？

A：是的，謝謝。那要多少錢呢？
B：十元。

A：那麼，請給我三張二十分的郵票。哦，對了，要多久才能寄到呢？
B：郵票在這兒。要五天才能寄到。

(B) 讓我們一起來練習

（學習下列語句，再和同伴一起做練習。）

(1) 寄信

1. 請你幫我寄這封信好嗎？
2. 我要把這些信件用航空郵寄到台灣。
3. 我要將這封信用限時專送寄出。
4. 請用掛號郵件將它寄出。
5. 我要用印刷品郵件將它寄出。
6. 寄掛號郵件的費用是多少呢？
7. 用海運寄到台灣要花多少錢？

(2) 買郵票、明信片、航空郵簡

8. 哪裏可以買到郵票呢？
9. 郵費要多少錢呢？
10. 我要買五張明信片。
11. 請給我十張航空郵簡好嗎？
12. 請給我三張二十分的郵票。
13. 你們有沒有賣紀念郵票呢？
14. 我該付多少錢呢？
15. 總共多少錢呢？

LESSON 13

(3) 寄包裹

16. 請替我秤一下這個包裹的重量，好嗎？

17. 它還在限定的重量以內嗎？
18. 包裹裏面裝的是什麼？
19. 裏面裝的是什麼？

●練習 1

兩個人一組，你和你的同伴輪流扮演郵局職員和去郵局辦事的人。

1. 你要把兩封掛號信，用航空郵寄到紐約；你想知道郵費是多少。

2. 你想要買十張明信片、五張二十分的郵票和二張航空郵簡。

3. 你想用印刷品郵件寄出十封信，而且還想知道要花多少時間才能寄到。

4. 你想用航空郵寄一份書籍的包裹，而且想知道它是不是在限定的重量以內。

(4) 在銀行

20. 請將我的旅行支票兌付一百元現金好嗎？

21. 請將它換成小額的錢幣好嗎？

22. 請將這張一百元大鈔換開好嗎？

23. 你要怎麼換呢？

24. 五張十元的、三張五元的，其他的都換成小額的錢幣。

25. 請幫我將新台幣換成美元好嗎？

26. 今天的新台幣兌換率是多少呢？

27. 我要開一個戶頭。

28. 我要存一百元。

29. 我想要將一筆錢存入銀行。

30. 你有證件嗎？

31. 請在你的支票背面簽字。

LESSON 13

● 練習 2

兩個人一組，其中一人是銀行的職員，另一人是顧客。顧客要求下列各項服務，職員便依照各種情況來回應。然後再互換角色。

1. 把新台幣兩仟六百元換成美金

2. 想知道今天的兌換率（26）

3. 八張十元的紙幣和二十張一元的紙幣

4. 兌換旅行支票一百五十美元

5. 一張一百元和十張五元的紙幣

6. 將一百美元存入你的戶頭（你將填寫一張存款單）

(C) 讓我們一起來玩遊戲

● 給學生 A 與 B

（先學習下列句型，再和你的同伴交換資料。）

你	是一個內向的人嗎？	不，是的，	我	是一個外向的人。
	傾向於內向的性格嗎？			傾向於內向的性格。

我	根據	理智 情緒 直覺	來作決定。	我的生活	經常變動。 一成不變。
			來決定事情。	我歷盡多次變動。	

LESSON 13

你是什麼星座的？ 你是哪一個星座呢？	我是	雙子座。 牡羊座。	**個人的資料**

● **步驟 1**

利用下圖找出你自己的西洋星座；那代表著你出生時，太陽在哪一個星座宮上。

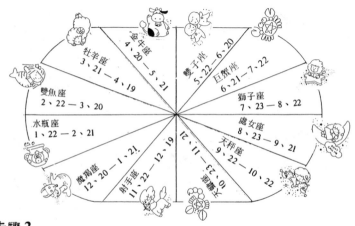

● **步驟 2**

利用下列問題的問答，找出你同伴的星座。

1	你是內向的人，還是 外向的人？

2	你的生活是持續前進、一 成不變，還是朝秦暮楚？

外向的	內向的	積極的	不變的	好變動
牡羊座	金牛座	牡羊座	金牛座	雙子座
雙子座	巨蟹座	巨蟹座	獅子座	處女座
獅子座	處女座	天秤座	天蠍座	射手座
天秤座	魔羯座	魔羯座	水瓶座	雙魚座
射手座	雙魚座			
水瓶座				

LESSON 13

3 你根據自己的情緒、實際性、理智，還是直覺來作決定？

情　緒	實際性
牡羊座	金牛座
獅子座	處女座
射手座	魔羯座

理　智	直　覺
雙子座	巨蟹座
天秤座	天蠍座
水瓶座	雙魚座

例如，你是個內向又憑直覺判斷事物的人，生活也持續前進，那你可能就是巨蟹座的人了。爲什麼呢？因爲巨蟹座在這三項特徵中都出現過！

● 現在，看看你猜對了你同伴的星座了嗎？

● 步驟 3

以下是與十二個星座有關的一些特徵。把你同伴的特徵告訴他（她），看看是否和他（她）的性格互相吻合。

牡羊座：有野心的 果斷的 倔强的 自恃的 富於想像力 例如： 　查理・卓別林 　文生・梵谷	金牛座：實際的 可靠的 固執的 意志堅定的 保守的 例如： 　凱薩琳大帝 　奧利佛・克倫威爾	雙子座：八面玲瓏的 易變的 自制的 好動的 複雜的 例如： 　約翰・甘迺迪 　瑪莉蓮夢露
巨蟹座：消極的 固執的	獅子座：自傲的 老練的	處女座：有條不紊的 自制的

LESSON 13

有教養的 神祕的 顧家的 例如： 　爾尼斯特・海明威 　林布蘭特	自信的 獨裁的 天生領導者 例如： 　伯尼特・墨索里尼 　拿破崙・伯拿帕特	好動的 守秩序的 嚴厲的 例如： 　伊莉莎白一世 　卡德尼・李希留
天秤座：有條不紊的 　　　　良好判斷力 　　　　和諧的 　　　　優雅的 　　　　公平的 例如： 　蒙漢達斯・甘地 　布里格特・巴達特	天蠍座：奸詐的 　　　　易操縱他人 　　　　易受 催眠 　　　　權威的 　　　　情緒化的 例如： 　凱薩琳・赫本 　瑪莉・居里	射手座：誠實無欺的 　　　　樂觀的 　　　　獨立的 　　　　坦率的 　　　　主動進取的 例如： 　溫斯頓・邱吉爾
魔羯座：愛抱怨的 　　　　謹慎的 　　　　多疑的 　　　　憂鬱的 精明的 例如： 　愛薩克・牛頓 　班哲明・富蘭克林	水瓶座：文雅的 　　　　有貴族氣息 　　　　堅強的 　　　　眞誠的 　　　　理想主義的 例如： 　查爾斯・達爾文 　隆納・雷根	雙魚座：聰慧的 　　　　富同情心的 　　　　浪漫的 　　　　有耐心的 　　　　敏感的 例如： 　喬治・華盛頓 　伊莉莎白・泰勒

LESSON 13

≪習題示範解答≫

（完成下列對話。）

(1) 對話

A : Will you please <u>cash this check</u> for me? 請幫我兌現這張支票好嗎？

B : Certainly. Please endorse it first. Do you have <u>any identification</u>?
當然可以，請先在背面簽字。你有證件嗎？

A : Yes, I do. Here is my driver's license. 是的，我有。這是我的駕照。

B : Thank you. <u>How would you like to have the money?</u>
謝謝。你要什麼樣的現金呢？

A : Please give me 7 ten dollar bills and 6 five dollar bills.
請給我七張十元和六張五元的紙幣。

B : <u>Here you are.</u> Please check to see that you have the right amount.
你的錢在這兒，請數數看錢的總數是否正確。

(2) 卡通

① I'd like to <u>send it</u> to Taiwan by air mail. How much <u>does that</u> cost?
我要把這個包裹用航空寄到台灣，要花多少錢呢？

② Put it on the <u>scale</u>, OK? 把它放在秤上面好嗎？

① <u>Will you please</u> weigh this package for me?
請你幫我秤一下這個包裹的重量好嗎？

② Yes. It weighs exactly ten pounds, sir.
好的。它剛好是十磅重，先生。

Lesson 14 Review

(A) 讓我們一起來寫

（完成下列對話。）

1

A： Hi, I'm David Lee. 嗨，我是李大衞。

B： Nice to meet you. I'm Jane White.
很高興見到你，我是珍·懷特。

A： Would you like a drink? 要喝點飲料嗎？

B： Yes, please. 好的，謝謝。

A： What do you do, Jane? 珍，妳從事什麼工作呢？

B： I work for a newspaper. 我在一家報社工作。

2

A： How's everything with you? 一切都還好嗎？

B： About the same. And you? 和以前一樣，你呢？

A： So-so, I guess. 馬馬虎虎啦，我猜。

B： Listen, how would you like to see a movie next Saturday? 聽著，下禮拜六你想不想去看電影？

A： I'd love to!
太棒了！

3

A： Excuse me. May I ask you a favor?
對不起，能請你幫個忙嗎？

B： Of course, if it's anything I can do.
當然可以，只要我幫得上忙。

LESSON 14

A : <u>Would you be kind enough</u> to take our picture with this camera? 請你用這架相機替我們照張相好嗎?

B : Sure. 好的。

A : Thank you <u>for</u> your help. 謝謝你的幫忙。

B : You are <u>welcome</u>. 不客氣。

4

A : <u>Don't you know</u> where today's paper is? 你知不知道今天的報紙放在哪裏呢?

B : I saw it in <u>the guest-room</u>. 我在客房有看到。

A : Sorry <u>to trouble</u> you, but would you go and bring it for me? 可不可以麻煩你一下,幫我去拿報紙來好嗎?

B : <u>With pleasure</u>. Here it is. 非常樂意。報紙拿來了。

A : <u>Thank you very much</u>. 眞謝謝你。

5

A : <u>Are you free</u> tomorrow afternoon? 你明天下午有空嗎?

B : Yes, I think so. 我想我應該有空。

A : Then how about <u>a game of tennis?</u> 那麼去打打網球怎麼樣?

B : <u>Sounds great</u>. At what time? 太棒了!要幾點去打呢?

A : Is two o'clock too early? 兩點會不會太早呢?

B : No, <u>it's fine</u>. 不會的,剛好。

6

A : <u>Excuse me</u>, but is that Professor Smith's office? 對不起,請問那裏是史密斯教授的辦公室嗎?

B : Huh? I <u>beg your pardon?</u> 什麼?請再說一遍好嗎?

LESSON 14

A: I'm looking <u>for</u> Professor Smith! 我在找史密斯教授！

B: Oh, that's <u>what</u> I thought you said. 噢，那我剛才沒聽錯。

A: I don't follow you. <u>What are you driving at?</u>
我不懂，你這話是什麼意思？

B: Sorry.... you see, I'm Professor Smith.
抱歉……瞧，我就是史密斯教授。

7

A: Are you looking <u>forward</u> to your new job?
你要找一份新工作嗎？

B: Yeah, I guess so. 是啊，我想是的。

A: Well, I'm sure <u>you'll be a success.</u>
那麼，我相信你一定會成功的。

B: I've been applying <u>to</u> graduate schools, Uncle Bob.
我已經在申請研究所了，鮑伯叔叔。

A: <u>Great!</u> I always knew you were a scholar.
太好了！我總覺得你是個學者的材料。

B: I hope <u>you're right.</u> 希望如此。

8

A: Oh, I'm sorry for <u>being late.</u> Have I kept you wait-
ing long? 噢，對不起，我遲到了。你等了很久了嗎？

B: No, you haven't. I also came <u>just a minute ago.</u>
不，沒有，我也是剛到不久而已。

A: I'm glad <u>to hear that.</u> The traffic was so heavy.
還好。塞車實在塞得太厲害了。

B: Yes, I know. It's <u>particularly bad at this time of
day.</u> 是啊，我知道。尤其是每天的這段時間，情況更是糟糕哩。

LESSON 14

9

A: Here is a little something for you. 這是一點小禮物。

B: Oh, thank you very much. May I open it now?
噢，真謝謝你。我可以現在就把它拆開來嗎？

A: Sure, go right ahead. 當然可以，你拆吧！

B: Oh, what a lovely blouse! Thank you.
哇，好漂亮的上衣啊！謝謝你。

A: I hope it's the right size. 希望合你的尺寸。

10

B: Are you ready to order? 您準備好要點菜了嗎？

A: Yes, I believe I'll have a steak like that lady's having.
是的，我想我要叫一客和那位小姐一樣的牛排。

B: And how would you like that cooked?
那您要吃幾分熟的呢？

A: Medium rare. Do I get salad with that?
五分熟。有沒有附沙拉呢？

B: Yes, and what would you like to drink?
有的，那您要喝點什麼？

A: I'll have a martini. 我要一杯馬丁尼。

B: Very good, sir. Enjoy your meal.
好的，先生，盡情享用吧！

11

A: You look pale. What's wrong?
你看起來好蒼白喔，怎麼啦？

B: My nose is stopped up, and I have a headache.
我鼻塞，又頭痛。

LESSON 14

A： Maybe you're coming down with something.
你大概是生病了。

B： I hear there's a bug going around.
聽說有一種病菌正流行呢。

A： You ought to stay in bed and drink plenty of liquids.
你應該待在床上，並且多喝開水才對。

12

A： Good morning, sir. Can I help you?
早安，先生。需要我幫忙嗎？

B： Yes, I'm looking for a pair of shoes.
是的，我想買一雙鞋子。

A： Okay. What size do you wear? 好的，你穿幾號鞋呢？

B： Size 10. 十號。

A： How about this pair? 你覺得這雙怎麼樣？

B： I like this pair. Mind if I try them on?
我喜歡這雙，可以試穿嗎？

A： Go right ahead. 請儘管試穿看看吧。

13

A： I'd like to send this package to Taiwan.
我想把這個包裹寄到台灣去。

B： What does it contain? 裏面裝的是什麼？

A： It contains clothes. 是衣服。

B： Do you want it registered? 你要寄掛號的嗎？

A： Yes, please. How much will it be?
是的，謝謝。那要多少錢呢？

B： Ten dollars. 十元。

LESSON 14

A： By the way, how long does it take?
　　對了，要多少天才能寄到呢？

B： It takes five days. 要五天。

(B) 讓我們一起來玩遊戲

1. 三個人一組，決定誰要當 A、B 及 C。
2. 每一個人都只能看自己的活動指示卡，不准偷看別人的喔！
3. 完成了第一個活動之後，就做第二個，一直繼續下去。
4. 如果你有興致的話，也可以再表演一次給全班同學看。

角　色　卡	活　動　的　角　色　指　示　卡　[1]

A
你是雞尾酒會的主人。門鈴響時去迎接你的客人C。

A₁
去開門，並介紹B與C。

A₂
拿飲料給B、C喝。

A₃
向B詢問他（她）哥哥的近況。

A₄
與B、C應對。

回家的時間到了！

B
你被邀請去參加這個宴會，你已經到達了。

B₁
等A介紹你和C認識後，對此情況做回應。

B₂
你聽說C剛從那魯大學畢業，和C聊聊吧。

B₃
你哥哥昨天晚上感冒了，但今天好多了。

B₄
跟A說時間晚了，並謝謝A邊請你。

C
你在前往參加宴會的路上。你被邀請去參加這個宴會，現在，你就要去按門鈴了。

C₁
進了主人家後，因為遲到而先道歉。

C₂
對此情況做回應。

C₃
一位年輕小姐經過，你失了神，沒聽清楚B講的話，所以你請B再講一次。

C₄
向A道謝，並請他改天到你家坐坐。

再見！

角　色　卡　　活　動　的　角　色　指　示　卡　2

A
你和B在購物商店街。

B
你和A在購物商店街。

C
你是每一家商店的店員。

A₁
你在找一件小號的藍色毛衣。

B₁
你覺得A應該試穿毛衣。

C₁
店裏有小號的綠毛衣和大號的藍毛衣。試著說服A買綠毛衣。

A₂
問問毛衣的價錢，再決定要買哪一件。

B₂
告訴A要確定一下是否有品質保證。

C₂
對此情形做回應。

A₃
你和B去郵局，你要去提款。

B₃
你要去寄包裹。

C₃
A要填款單，B要一張稅單、保險單和三十元的郵票。

點心時間！

A₄
你要一份英文的菜單。你吃素，但可以吃牛奶和蛋

B₄
你要坐靠窗的桌位。

C₄
先請A、B坐下，然後遞給A一份英文菜單，並向他推薦一些餐點。寫下A和B點的東西。

盡情享用吧！

(B)LET'S PRACTICE 示範解答

❖ LESSON 1 ❖

Practice 1

1. A: Hi, I'm Peter Brown.
   B: Pleased to meet you, Mr. Brown. I'm Patrick Lee.
   A: Nice to meet you, Mr. Lee.

2. A: May I introduce myself? My name is Sally Wang.
   B: How do you do, Miss Wang? I'm Jane White.

3. A: I don't think we've met. I'm Fiona Wilson.
   B: And I'm William Jones. I've been looking forward to meeting you, Mrs. Wilson.
   A: Why thank you!

4. A: Excuse me, are you David Lee?
   B: Yes. Sorry, I didn't catch your name.
   A: I'm Jane White.
   B: Very happy to know you, Miss White.

1. A：嗨，我是彼得・布朗。
   B：很高興見到你，布朗先生。我是李派克。
   A：很高興見到你，李先生。

2. A：請容我自我介紹，我的名字是王莎莉。
   B：妳好嗎，王小姐？我是珍・懷特。

3. A：我想我們沒見過吧！我是費歐娜・威爾遜。
   B：我是威廉・瓊斯。我一直很希望見到妳，威爾遜太太。
   A：噢，謝謝你！

4. A：對不起，請問你是李大衛嗎？
   B：是的。很抱歉，我剛才沒聽清楚妳的名字。
   A：我是珍・懷特。
   B：非常高興認識妳，懷特小姐。

Practice 2

1. A: It's Mr. Owen, isn't it?
   B: Yes, that's right. And you must be Mr. Blake.

1. A：你是歐文先生吧？
   B：是的，沒錯。你一定是布萊克先生了！

A： Yes． How do you do？

B： I'd like you to meet a colleague of mine． George Blake, this is Jennifer Chen．

A： Pleased to meet you, Ms． Chen．

C： How do you do, Mr． Blake？

2． A： I don't think we've met． I'm Charlie Chang．

B： Mary Lee． Pleased to meet you．

C： Hi, Charlie！

A： Tom, have you met Mary？

C： No． Nice to meet you, Mary．

B： Nice to meet you．

A： Mary, can I get you something to drink？

3． A： Hello, my name is Bob Murphy, and this is my wife Shirley．

B： How do you do？ I'm David Lee．

A： So what do you do, Mr． Lee？

B： I'm a lawyer． And you？

A： We own a small business．

A： 是的，幸會幸會。

B： 我來引薦我的一位同事，這是喬治・布萊克，這是珍妮佛・陳。

A： 很高興遇見妳，陳小姐。

C： 久仰大名，布萊克先生。

2． A： 我想我們沒見過面吧！我是張查理。

B： 我是李瑪麗，很高興見到你。

C： 嗨，查理。

A： 湯姆，你見過瑪麗嗎？

C： 沒有。很高興遇見妳，瑪麗。

B： 很高興見到你。

A： 瑪麗，我能替妳叫點飲料嗎？

3． A： 嗨，我叫鮑伯・墨菲，這是我太太雪莉。

B： 你好，我是李大衛。

A： 李先生在哪兒高就啊？

B： 我是個律師。你呢？

A： 我們做一點小生意。

＊＊ *look forward to* 期待　　catch〔kætʃ〕 *v*. 聽見；了解
colleague〔'kɑlig〕 *n*. 同事　　business〔'bɪznɪs〕 *n*. 商店；生意

❖ LESSON 2 ❖

Practice 1

1． A： John！ It's been ages！

B： It sure has． How are you doing, Tom？

A： Okay, I guess． How are you getting along？

1． A： 約翰！好久不見！

B： 是啊！你近來好嗎，湯姆？

A： 我想還好吧。你好不好啊？

B : Just great, Tom. I'm married now....

A : Really? That's great! When did this happen?

B : It'll be two years ago next June.

2. A : Jane! What's new?

B : Hi, Judy! Not much, I guess.

A : I'm just picking up a few things from the drugstore.

B : Me too. Listen, say hi to your Mom for me, okay?

A : I'll do that. So long, Jane!

B : See you around.

3. A : Mike? It's me, Tony.

B : Tony! How have you been?

A : Just fine, Mike. Are you still going to college?

B : Yeah, I graduate next year. What about you?

A : I'm taking a year off to work.

4. A : Good morning, Mr. Jones.

B : Hi, Mrs. Wilson. How are you this morning?

A : Just fine! How's everything with you?

B : Couldn't be better.

Practice 2

1. A : Thank you both for the wonderful party. I had a great time.

B : Well, we're glad you could make it. It's been a pleasure having you over.

B : 很好，湯姆。我結婚了…

A : 眞的嗎？太棒了！什麼時候的事啊？

B : 到六月就滿兩年了。

2. A : 珍！最近好嗎？

B : 嗨，裘蒂！我的情況和以前差不多。

A : 我到雜貨店裏來買幾樣東西。

B : 我也是。替我向妳媽媽問好，好嗎？

A : 我會的。再見了，珍！

B : 再見。

A : 麥克嗎？是我，湯尼啊！

B : 湯尼！你好嗎？

A : 好啊，麥可。你還在唸大學嗎？

B : 是啊，我明年就畢業了。你呢？

A : 我休學一年，現在在工作。

4. A : 早安，瓊斯先生。

B : 嗨，威爾遜太太。妳今天早上好嗎？

A : 好啊！你好不好呢？

B : 再好不過了。

1. A : 謝謝你們！今天的宴會眞棒，我玩得很開心。

B : 嗯，你能來我們很高興，這是我們的榮幸。

A： Good night！

B： Good night！ Drive safely！

2. A： Good night！ Thanks for having me over.

B： We enjoyed having you.

A： I'll have to get you two over to my place sometime.

B： We'll both be looking forward to that, won't we, Harold？

3. A： Thank you for the delicious meal, Mrs. Wang.

B： You're very welcome, David. Can't you stay a little longer？

A： No, I'd really better be going.

B： Good night, then.

A： Good night！ And thanks again！

A： 晚安！

B： 晚安！小心開車！

2. A： 晚安！謝謝你們邀請我。

B： 妳來了，我們很愉快。

A： 找個時間，我一定要請你們到我那兒去。

B： 我們都會期待那一天的，對不對，哈洛？

3. A： 晚餐眞棒！謝謝妳，王太太。

B： 不客氣，大衛。你不能再多待一會兒嗎？

A： 不了，我最好告辭了。

B： 那就晚安囉！

A： 晚安！謝謝！

** **pick up** 取得

drugstore〔'drʌg,stor, -,stɔr〕n.（出售藥品、化妝品、香煙、雜誌、文具及清涼飲料等的）雜貨店

take off〔話〕請假（休學、休假等）

✦ LESSON 3 ✦

Practice 1

1. A： Need any help？

B： I'm out of gas. Could you give me a lift to the nearest gas station？

A： No problem. Hop in！

B： I really appreciate this.

A： No trouble at all.

1. A： 需要幫忙嗎？

B： 我的車沒油了。你能讓我搭個便車到最近的加油站去嗎？

A： 沒問題。上車吧！

B： 眞的很謝謝你。

A： 不客氣。

2. A : Can I give you a hand?

B : Thanks! I'd appreciate it. Could you help me change the front left tire?

A : I'd be glad to.

2. A : 要我幫忙嗎?

B : 謝謝!眞謝謝你!你能幫忙我換左前輪嗎?

A : 我很樂意。

3. A : What seems to be the trouble?

B : I'm not sure. The engine just quit.

A : Would you like me to take a look at it?

B : Thanks a million. That's very kind of you.

A : Glad to help.

3. A : 有什麼問題嗎?

B : 我也不太曉得。引擎就是發不動。

A : 你要我幫你看看嗎?

B : 感激不盡。你人眞好。

A : 很高興能幫得上忙。

Practice 2

1. A : Hi, Frank. Listen, could you do me a favor?

B : Of course. What can I do for you?

A : My boss just called, and I'm supposed to meet an important customer tonight. I was wondering if you could watch Julie and Claire for me.

B : Okay. I'll be glad to.

A : Much obliged to you, Frank!

B : Not at all.

1. A : 嗨,法蘭克!你能不能幫我個忙?

B : 當然可以。我能幫你什麼忙?

A : 我的老闆剛剛打電話來,要我晚上和一個很重要的顧客見面。不知道你能不能替我照顧茱莉和克莉兒?

B : 好啊,我很樂意。

A : 非常謝謝你,法蘭克!

B : 沒什麼啦!

2. A : Pete, may I ask a favor of you?

B : Sure. What is it?

A : The next time you mow your lawn, would you mind doing mine too? I can't push the lawn mower very well.

2. A : 彼特,我能不能請你幫個忙?

B : 當然可以。什麼事?

A : 下次你割草的時候,介不介意也替我割?我還不太推得動割草機。

B : Sure, no problem. What did
you do to your leg?

A : I hurt it while skiing. Thanks
a million, Pete.

B : You're quite welcome. Take care
of that leg!

3. A : Excuse me, but could you give
me a hand with these bags?

B : Certainly, by all means.

A : Thanks a lot!

B : It's my pleasure.

B : 沒問題。你的腿怎麼了？

A : 滑雪時受了傷。感激不盡，彼
特。

B : 不客氣。好好照顧你的腿。

3. A : 抱歉，請問你能不能幫忙我提
這些袋子？

B : 當然沒問題。

A : 非常謝謝你。

B : 這是我的榮幸。

** lift〔lɪft〕*n.* 搭便車　　　***lawn mower*** 割草機

❖ LESSON 4 ❖

Practice 1

1. A : Hey John! Can you loan me
twenty bucks?

B : Sure, I'd be glad to.
　　　　OR
B : Sorry, but I'm broke.

2. A : Would you be able to give me a
ride home tonight?

B : Sure, no problem. When should
I pick you up?
　　　　OR
B : Sorry, but my car is still in
the shop.

3. A : Can you give me a hand with
this homework assignment?

B : Yes, of course. What problem
are you on?

1. A : 嗨，約翰！你能不能借我二十
塊錢？

B : 可以啊！我很樂意。
　　　　或
B : 抱歉，我身上一毛也沒有。

2. A : 今天晚上能不能讓我搭你的便
車回家？

B : 可以啊，沒問題。我幾點去接
你？
　　　　或
B : 抱歉，我的車還在店裏咆！

3. A : 你能不能幫忙我做這份回家作
業？

B : 當然可以。你有什麼問題？

                    OR
B : I'm afraid I don't understand
    it either.

4. A : Would you mind opening the
       window?
   B : Okay, just a moment.
                    OR
   B : I'd better not. I have a cold.

Practice 2

1. A : Can I give you a hand with the
       piano?
   B : Thanks! Here, you take that
       end and I'll get this end.

2. A : Want me to close this window
       for you?
   B : Would you please? It's getting
       cold in here.

3. A : Can I offer you a ride to work?
   B : Thank you very much! I really
       appreciate this.

4. A : Do you mind if I turn on the
       air conditioner?
   B : Please do. It's getting hot in
       here.

5. A : Let's go out for a hamburger.
       My treat.
   B : Okay, I'd love to.

                    或
B : 恐怕我也不懂吧!

4. A : 你介不介意打開窗戶?

   B : 好的,請稍等。
                    或
   B : 我還是不開得好。我感冒了。

1. A : 我能幫你搬鋼琴嗎?

   B : 謝謝!嗯,你抬那一頭,我抬
       這一頭。

2. A : 要我替你關這扇窗戶嗎?

   B : 請替我關上。這裏面愈來愈冷
       了!

3. A : 我能不能順道載你去上班?
   B : 謝謝!眞是太謝謝你了!

4. A : 你介不介意我把空調打開?

   B : 請打開。這裏面愈來愈熱了。

5. A : 咱們出去吃個漢堡吧!我請客。

   B : 好啊!我很樂意。

6. A : Want me to mail that package
　　 for you ?
　B : Would you ? Thanks !

6. A：要我替你寄那個包裹嗎？

　B：你要替我寄嗎？謝謝？

　** *air conditioner* 空氣調節機　　treat〔trit〕*n.* 款待

✧ LESSON 5 ✧

Practice 1

1. A : What would you like to do this
　　 Sunday ?
　B : How about going fishing ?

1. A：這個星期天你想做什麼？

　B：去釣魚怎麼樣？

2. A : What shall we do tomorrow ?
　B : Let's go to a musical.

2. A：我們明天要做什麼？
　B：我們去看部歌舞片吧！

3. A : What can we do tonight ?
　B : Why not go to a rock concert ?

3. A：我們今晚能做什麼呢？
　B：去聽搖滾音樂會好不好？

4. A : What would you like to do over
　　 the weekend ?
　B : What do you say we go camping ?

4. A：整個週末你想做什麼？

　B：我們去露營，你說怎麼樣？

5. A : What can we do during summer
　　 vacation ?
　B : How would you like to go to the
　　 beach ?

5. A：暑假期間我們能幹些什麼呢？

　B：你想不想去海邊？

6. A : What shall we do tomorrow
　　 night ?
　B : What about going out for a drink ?

6. A：明晚我們要做什麼？

　B：出去喝一杯如何？

Practice 2

1. A : Let's go for a walk.
　B : I'd love to ! I'll get my coat.

1. A：咱們散步去吧！
　B：樂意之至！我去拿外套。

OR

B: I'd rather not. It's getting cold outside.

B: 我寧願別去。外面愈來愈冷了。

2. A: How about having a party on Sunday?

B: Okay! That's a great idea!

OR

B: No, I don't think so. There's not enough time.

2. A: 星期天開個宴會如何？

B: 好啊！這個主意眞棒。

或

B: 不，我覺得不好。時間不夠。

3. A: Why don't we try Chinese food tonight?

B: All right, that would be nice.

OR

B: I don't really feel like Chinese food.

3. A: 今晚我們何不去吃中國菜呢？

B: 好啊，吃中國菜不錯啊！

或

B: 我不太想吃中國菜。

4. A: Shall we go now?

B: Okay, I'm ready if you are.

OR

B: No, I can't. I have to talk to Harvey.

4. A: 我們現在可以走了嗎？

B: 好啊，如果你準備好了，我也好了。 或

B: 不行，我必須和哈維談談。

5. A: Would you like to watch TV with me tonight?

B: Sure. What's on?

OR

B: I'm not sure. I have to do the laundry.

5. A: 今晚你想和我一起看電視嗎？

B: 當然囉！要演什麼？

或

B: 不曉得吔！我必須洗衣服。

** musical〔'mjuzɪkl̩〕 *n.* 歌舞劇（電影或舞台劇）
over〔'ovɚ〕*prep.* 在…時間內（＝ *during*）

❖ LESSON 6 ❖

Practice 1

1. I'm sorry, but could you please speak a little louder?

2. I'm sorry, sir, but could you repeat that, please?

3. Could you please speak a little slower, ma'am?

4. I'm sorry, sir, but I can't understand you.

5. I'm sorry, but we don't carry those. We have hamburgers, cheeseburgers, and Big Macs.

1. 對不起，請你說大聲一點好嗎？

2. 抱歉，先生，請再說一遍好嗎？

3. 請說慢一點好嗎，小姐？

4. 很抱歉，先生，我聽不懂你的話。

5. 抱歉，我們不賣那些。我們有漢堡、吉事漢堡和麥香堡。

Practice 2

1. A: One of my favorite authors is Ernest Hemingway.
   B: What did he write?
   A: Well, one of his best books is *The Old Man and the Sea*.

2. A: Before jogging, it's very important to warm up.
   B: Warm up? What do you mean?
   A: For example, I like to do stretching exercises.

3. A: Now comic books are printed in four colors.
   B: Really? Which four are they?
   C: Red, blue, yellow, and black.

1. A：我最喜歡的作家之一是海明威。
   B：他寫過什麼書？
   A：嗯，他最好的作品之一是「老人與海」。

2. A：慢跑之前，做溫身運動是很重要的。
   B：暖身運動？你指的是什麼？
   A：舉例來說，我喜歡做伸展運動。

3. A：現在的漫畫書都印四種顏色。
   B：真的嗎？哪四種？
   C：紅色、藍色、黃色和黑色。

4. A : Boil the potatoes until they're
       tender.
   B : How can you tell ? Do you stick
       your hand in ?
   A : No, no.... poke them with a
       fork.

4. A : 把馬鈴薯煮到軟爲止。
   B : 你怎麼知道軟了沒有？把手插
       進去嗎？
   A : 不是，不是…用叉子戳。

5. A : Now there's common stock and
       preferred stock.
   B : What's the difference ?
   A : If the company fails, people
       with common stock are paid last.

5. A : 現在有普通股和優先股兩種。
   B : 有什麼差別？
   A : 如果公司倒閉，持有普通股的
       人要到最後才領得到錢。

6. A : Have you ever checked the oil
       before?
   B : No. How do you do that ?
   A : First, lift up the hood and take
       out this rod.

6. A : 你以前檢查過油嗎？
   B : 沒有。怎麼檢查？
   A : 首先，掀開引擎蓋，把這根細
       棒拿出來。

** carry〔'kærɪ〕v.〔美〕販賣　　stretch〔strɛtʃ〕v. 伸展
   preferred stock〔美〕優先股（比普通股優先分紅的股票）
   hood〔hʊd〕n.〔美〕引擎蓋

❖ LESSON 7 ❖

Practice 1

1. A : That dress looks terrific on
       you.
   B : Thanks ! My parents gave it to
       me for Christmas.

1. A : 那件洋裝穿在你身上眞是好看
       極了。
   B : 謝謝！這是我父母送我的耶誕
       禮物。

2. A : Your hair looks nice.
   B : Thanks ! I'm thinking of dying
       it blonde.

2. A : 你的頭髮眞好看。
   B : 謝謝！我正想把它染成金色呢!

3. A : You read that poem very well.
　　 Everyone thought so.
　 B : Well, I'm glad you enjoyed it.

4. A : You use chopsticks very well,
　　 Jim!
　 B : That's because the food here
　　 is delicious.

Practice 2

1. A : Congratulations on your
　　 graduation, Sarah.
　 B : Thanks! It's good to finally
　　 have my degree.

2. A : I hear you and Sam are
　　 getting married, Shelley.
　 B : Yes, next month.
　 A : Well, congratulations and good
　　 luck. Sam is a lucky man.
　 B : Thank you!

3. A : Here, have a cigar.
　 B : What? But I don't smoke.
　 A : Then have a lollypop. My wife
　　 just gave birth to a baby girl!
　 B : Hey, congratulations!

4. A : Congratulations on your
　　 promotion, Stan.
　 B : Thank you! It took me
　　 completely by surprise.

Practice 3

1. A : Happy Thanksgiving, Frank.
　 B : Happy Thanksgiving to you, too.

3. A : 大家都覺得那首詩你唸得很棒。

　 B : 噢，你們喜歡，我很高興。

4. A : 你很會用筷子，吉姆！

　 B : 那是因為這裏的食物很好吃的
　　 緣故。

1. A : 恭禧你畢業，莎拉。

　 B : 謝謝！終於拿到學位了，眞好！

2. A : 我聽說你和山姆要結婚了，雪
　　 莉。
　 B : 是啊，下個月。
　 A : 嗯，恭禧，並祝你好運。山姆
　　 是個幸運的人。
　 B : 謝謝！

3. A : 來，抽根雪茄吧！
　 B : 什麼？我不抽煙。
　 A : 那來一枝棒棒糖吧！我太太剛
　　 剛生了一個女兒。
　 B : 嘿，恭禧你！

4. A : 恭禧你高昇，史坦。

　 B : 謝謝你！這完全出乎我意料之
　　 外！

1. A : 感恩節快樂，法蘭克。
　 B : 也祝你感恩節快樂。

2. A : Merry Christmas, Julie. Have a nice holiday.

   B : Thanks! You too. And have a happy New Year!

3. A : Happy Easter, Vicky.

   B : Happy Ester to you, too.

** lollypop〔'lalı,pap〕*n.* 棒棒糖（ = *lollipop* ）

❖ LESSON 8 ❖

Practice 1

1. A : I'm sorry I'm late, Mr. White. My alarm clock didn't go off this morning.

   B : That's quite all right. I was a little late myself.

2. A : Bob, um, you know that nice white shirt you were looking for the other day?

   B : Yes, did you find it?

   A : Um, I threw it in the washer by mistake. Now it's sort of a blue color.

   B : Oh no!

   A : Listen, Bob, I'm really sorry about this.

   B : No, it was my fault.

3. A : Here's the rent for the last two months.

   B : Did you know this was due a month ago?

2. A : 耶誕快樂，茱莉。祝你假期愉快。

   B : 謝謝！你也一樣。祝你新年快樂。

3. A : 復活節快樂，維琪。

   B : 也祝你復活節快樂。

1. A : 對不起，我遲到了,懷特先生。今天早上我的鬧鐘沒響。

   B : 沒關係。我自己也遲到了一會兒。

2. A : 鮑伯，嗯，你知道你前幾天在找的那件料子很好的白襯衫吧?

   B : 是啊，你找到了嗎?

   A : 哦，我不小心把它扔到洗衣機裏去了。現在染上一點藍色。

   B : 嗽，不！

   A : 聽我說,鮑伯,我真的很抱歉。

   B : 不，這是我的錯。

3. A : 這是上兩個月的房租。

   B : 你知道這在一個月前就到期了嗎?

A: Yes, I'm really sorry about this.

B: Okay. Just don't let it happen again.

4. A: Um, John? About that book you lent me...

B: Oh yes! What did you think of it?

A: Well, I'm not sure where it is.

B: You lost it? You lost my book!!

A: I'm really sorry about this, John.

B: (Sigh) That's okay. These things happen.

5. A: Joan, could I have a word with you?

B: Sure.

A: Joan, you were late again this morning. This makes twelve times this month.

B: Yes, I know. It's my fault. I've been staying out too late.

A: Well, you didn't do very well on the last test, you know.

B: I realize that. I'll try to make it on time in the future.

6. A: Hello, Beth? It's Ernest. Listen, my boss wants me to work late again tonight....

B: But what about our date? We were going to go to the movies, remember?

A: Um, that's what I wanted to talk to you about. I'm afraid I'm not going to be able to make it after all.

A: 知道。我很抱歉。

B: 好吧！下回別再發生這種事了。

4. A: 嗯，約翰，關於你借我的那本書…

B: 噢，對了！你覺得如何？

A: 這個嘛，我不太知道書在哪裏吔！

B: 你搞丟了?你把我的書搞丟了?!

A: 我真的很抱歉，約翰。

B: (嘆氣)沒關係啦，這種事總是會發生的。

5. A: 瓊，我能不能和妳談談？

B: 當然可以。

A: 瓊，今天早上妳又遲到了。這是這個月第十二次。

B: 是的，我知道。我錯了。我熬夜熬太晚了。

A: 嗯，妳上次考試考得不太好，你知道吧！

B: 我知道。以後我會盡力準時到達。

6. A: 喂，貝絲嗎？我是俄尼斯特。聽我說，我老闆今晚又要我加班了…

B: 那我們的約會怎麼辦？我們本來要去看電影的，記得嗎？

A: 哃，這正是我要跟妳說的。恐怕我最後還是去不成了。

B: Oh no! I was really looking
forward to tonight.

A: Please accept my apology.

B: I guess we'll just have to do it
another time.

B: 噢，不！我是很期待今天晚上
的。

A: 請接受我的道歉。

B: 我想我們只好下次再去了！

Practice 2

1. A: Hello, Jane? I just wanted to
let you know how sorry I was
to hear about your father.

B: Thank you so much for calling.

A: Please convey my deepest
condolences to your family.

B: Thanks. I'll do that.

1. A: 喂，是珍嗎?我只是想告訴你，
我聽說令尊的事，覺得很難過。

B: 謝謝你打電話來。

A: 請向你的家人致上我最深的哀
悼之意。

B: 謝謝，我會的。

2. A: How did you do on the exam,
Julie?

B: I bombed it! I feel awful.

A: Well, hang in there. Don't give
up.

B: Thanks for the encouragement.

2. A: 考試考得怎麼樣，茱莉?

B: 爛透了！我的心情好差。

A: 要撐下去啊！別放棄！

B: 謝謝你的鼓勵。

3. A: I'm sorry you're out of a job,
David.

B: Thanks. I'm too angry to think
clearly.

A: Please don't be too discouraged.
You'll find another job.

B: I hope so.

3. A: 你失業了，我很難過，大衛。

B: 謝謝。我是氣糊塗了。

A: 請別太洩氣，你會找到其他工
作的。

B: 希望如此。

4. A: How do you feel about tomorrow's
speech contest, Kyle? Are you
ready?

B: I hope so, Alex.

4. A: 對明天的演講比賽有什麼感覺,
凱爾?準備好了嗎?

B: 希望如此，亞力士。

A : Well, take it easy. You can make it. Just try not to think about all those thousands of eyes staring at you.

B : You're not helping, Alex.

A : 嗯，別緊張，你可以辦得到的。只要別去想那幾千隻盯著你看的眼睛就好了。

B : 你真是幫倒忙啊，亞力士！

** *go off* 響　　condolence〔kənˈdoləns , ˈkandələns〕 n. 哀悼
bomb〔bɑm〕v.〔美俚〕徹底失敗　　*hang in* (*there*)〔俚〕固執

❖ LESSON 9 ❖

Practice 1

1. A : I'm sorry to tell you that my dog died.

   B : Oh no! What happened to him? He was such a good dog.

1. A : 我很遺憾要告訴你，我的狗死了。

   B : 噢，不！發生了什麼事？他是那麼乖的狗！

2. A : Guess what? I've just won a million dollars.

   B : Oh wow! How lucky! You're rich!

2. A : 你猜怎麼著？我贏了一百萬元。

   B : 哇！你真幸運！你發財了！

3. A : I have terrible news. The U.S. and Soviet Union are at war.

   B : Oh my God. I can't believe it. We're all going to die.

3. A : 我有可怕的消息。美蘇開戰了！

   B : 哦，我的天！我實在無法相信。我們全都會死吧！

4. A : Guess what? Your son made straight A's on his report card.

   B : That's great! Wonderful! He'll do great things someday.

4. A : 知道嗎？你兒子的成績單上全都是A。

   B : 真棒！太好了。他將來一定會做大事。

5. A : Look! Your sister is in this men's magazine.

   B : How could she go and do a thing like that? She ought to be ashamed of herself!

5. A : 你看！你妹妹出現在這本男人的雜誌上！

   B : 她怎麼能去做這種事？她應該為自己感到羞恥！

6. A : Have you heard that they've discovered another moon around Pluto?

   B : Who cares? I never knew about the first one.

6. A : 你有沒有聽說，他們已經發現冥王星的另一顆衛星？

   B : 誰在乎？我從來都不知道有第一顆哩！

7. A : Have you heard the news? Your job has been taken over by a computer.

   B : Nonsense! You can't be serious.

7. A : 你聽說了嗎？你的工作已經被電腦取代了。

   B : 眞是荒謬！你是在開玩笑吧！

** moon〔mun〕*n.* 行星的衛星　　Pluto〔'pluto〕*n.* 冥王星

❖ LESSON 10 ❖

Practice 1

1. A : Do you have a table by the window?

   B : Right this way, sir.

   A : And do you have a vegetarian menu?

   B : Yes, we do. Just a moment, sir.

1. A : 你們有沒有靠窗的桌子？

   B : 請走這邊，先生。

   A : 你們有沒有素食菜單？

   B : 有的。請稍等，先生。

2. A : Are you ready to order, sir?

   B : I still can't make up my mind. Which would you recommend, the seafood platter or the curried chicken?

   A : The curried chicken is very good today, sir.

   B : All right, I believe I'll have that.

2. A : 您要點菜了嗎，先生？

   B : 我還沒有決定。海鮮盤和咖哩雞，你推薦哪一樣？

   A : 今天的咖哩雞很棒，先生。

   B : 好吧，那我就點咖哩雞。

3. A : I'd like a table for six, please.

   B : I'm sorry, sir, but all the tables are full right now.

3. A : 請給我一張六個人的桌子。

   B : 抱歉，先生，所有的桌子現在都坐滿了。

A : How long will we have to wait?

B : About twenty minutes, sir.

A : 我們要等多久？

B : 大約二十分鐘，先生。

Practice 2

1. A : Are you ready to order, sir?

   B : Yes, I believe I'll have a steak.

   A : And how would you like that cooked?

   B : Rare. / Medium. / Well-done.

1. A : 您要點菜了嗎，先生？

   B : 是的。我想，我要一客牛排。

   A : 您要幾分熟的？

   B : 三分熟。/ 五分熟。/ 全熟。

2. A : I'll have two eggs and an order of bacon.

   B : And how would you like your eggs?

   A : Sunny-side-up. / Hard-boiled. / Scrambled. / I'd like an omelette.

   B : Your breakfast will be ready in just a moment, ma'am.

2. A : 我要兩個蛋和一客醃肉。

   B : 您的蛋想怎麼煮？

   A : 煎一邊的荷包蛋。/ 煮老一點。/ 用炒的。/ 我要煎蛋捲。

   B : 您的早餐馬上就好了，小姐。

3. A : And what would you like to drink?

   B : I'll have a cup of coffee.

   A : Cream or sugar?

   B : No, I take it black.

3. A : 您想喝什麼？

   B : 我要一杯咖啡。

   A : 要加奶精或糖嗎？

   B : 不要，我要黑咖啡。

** platter〔'plætɚ〕*n.* 大淺盤

✦ LESSON 11 ✦

Practice 1

1. A : What's wrong with you?

   B : I have a cold.

1. A : 你怎麼了？

   B : 我感冒了。

2. A : What's wrong with you?

   B : I have an earache.

2. A : 你怎麼了？

   B : 我耳朵痛。

3. A： What's wrong with you?
   B： I have a cough.

4. A： What's wrong with you?
   B： I have a headache.

5. A： What's wrong with you?
   B： I have a sore throat.

6. A： What's wrong with you?
   B： I got hurt on the head.

Practice 2

1. A： How are you feeling?
   B： Awful, Doctor. My head hurts.
   A： How long has it been hurting?
   B： All day.
   A： Hmmm. Take a couple of aspirins and call me in the morning.

2. A： I have a really bad pain in my side.
   B： Where? Right here?
   A： OUCH! Yes, there.
   B： Hmmm. We'd better take some X-rays.

3. A： Here, set him over there....
   What happened to you?
   B： I had a motorcycle accident.
   I landed on this knee.
   A： Hmmm. You'll have to wear a cast for a while.

3. A： 你怎麼了？
   B： 我咳嗽。

4. A： 你怎麼了？
   B： 我頭痛。

5. A： 你怎麼了？
   B： 我喉嚨痛。

6. A： 你怎麼了？
   B： 我的頭受傷了。

1. A： 你覺得如何？
   B： 很不舒服，醫生。我頭痛。
   A： 痛多久了？
   B： 一整天。
   A： 唔，吃兩顆阿斯匹靈，明天早上再打電話給我。

2. A： 我的側腹這裏很痛。
   B： 哪裏？是這裏嗎？
   A： 噢！對，就是那裏。
   B： 唔，最好照幾張X光片。

3. A： 來，把他放在那邊…。你怎麼了？
   B： 我騎摩托車出了意外。這個膝蓋著地。
   A： 唔，你必須上一陣子石膏。

4. A： I feel awful, Doctor.
　 B： What seems to be the trouble?
　 A： My nose is running, and I've been sneezing all week.
　 B： It may be an allergy of some kind. Just drink lots of water and get plenty of rest.

4. A： 我覺得很難過，醫生。
　 B： 怎麼回事？
　 A： 我一直流鼻水，而且整個星期都在打噴嚏。
　 B： 可能是某種過敏。多喝一點水，並充分休息就好了。

** allergy〔ˊælədʒɪ〕 *n.* 過敏症

❖ LESSON 12 ❖

Practice 1

1. A： May I help you?
　 B： Thanks anyway, but I'm just looking.

1. A： 我能為您效勞嗎？
　 B： 謝謝，我只是看看而已。

2. A： May I help you?
　 B： Yes, I need to return this broken watch.
　 A： Just take it to the jewelry department upstairs.

2. A： 我能為您效勞嗎？
　 B： 是的，我要退這隻壞錶。
　 A： 拿到樓上的珠寶部就行了。

3. A： May I help you?
　 B： Yes, I'm looking for a shirt.
　 A： Would that be a dress shirt or a sports shirt?
　 B： A dress shirt.
　 A： Why don't you try the men's wear department?

3. A： 我能為您效勞嗎？
　 B： 是的，我在找一件上衣。
　 A： 要襯衫還是運動衫？
　 B： 襯衫。
　 A： 您何不去男裝部看看？

4. A： May I help you?
　 B： Yes, could you tell me what hours you are open?

4. A： 我能為您效勞嗎？
　 B： 是的，你能告訴我你們的營業時間嗎？

A： Certainly, sir. Nine to five
　　Monday through Thursday, ten
　　AM to midnight Friday and
　　Saturday.

A： 當然可以，先生。星期一到星
　　期四是早上九點到下午五點。
　　星期五和星期六是早上十點到
　　午夜。

5. A： May I help you?
　　 B： Yes, which way is the toy
　　　　department?

　　 A： It's on the sixth floor, near
　　　　the book section.

5. A： 我能爲您效勞嗎?
　　 B： 是的，玩具部門在哪裏?

　　 A： 在六樓，靠近書籍部的地方。

Practice 2

1. A： Here, try this on.
　　 B： Hmmm. Do you have anything
　　　　smaller?

　　 A： Just a moment. I'll check.

1. A： 來，穿穿看這件。
　　 B： 唔，有沒有小一點的?

　　 A： 請稍等，我找找看。

2. A： How about this one?
　　 B： I don't like the color.
　　 A： We also have it in dark blue
　　　　and gray.

2. A： 這一條怎麼樣?
　　 B： 我不喜歡這個顏色?
　　 A： 這個款式我們還有深藍色和灰
　　　　色的。

3. A： This is a very popular model.
　　 B： Does it come with a warranty?
　　 A： Yes, it's guaranteed for one
　　　　year.

3. A： 這一型很受歡迎。
　　 B： 有保用期限嗎?
　　 A： 有，保證一年。

4. A： I like it, but it's a little
　　　　expensive.

　　 B： How much did you want to
　　　　spend, ma'am?

　　 A： What do you have under 200 NT?

4. A： 我喜歡這件，不過貴了一點。

　　 B： 您預計要花多少錢，小姐?

　　 A： 你們有沒有兩百塊以內的?

5. A： Can you tell me where this
　　　　dress was made?

5. A： 你能不能告訴我，這件洋裝是
　　　　哪裏做的?

B : Here, let me check the tag.
Um, Italy.

A : I like it. Can I try it on?

B : Of course--the dressing rooms
are right over there.

6. A : I can't decide between these
two.

B : Hmm. The Citizen is probably
a better buy.

A : Why do you say that?

B : Well, the quality is very high.
It's what a lot of business
executives are wearing.

Practice 3

1. A : How much is this Italian
handbag?

B : Oh, it's 4500 NT.

A : And what about this purse?

B : It's 760 NT.

2. A : How much is this 18 karat gold
ring?

B : Oh, it's 1600 NT.

A : And what about this gold one?

B : It's 1750 NT.

3. A : How much is this pair of
sunglasses?

B : Oh, it's 800 NT.

A : And what about this pipe?

B : It's 1500 NT.

4. A : How much are these earrings?

B : Oh, they're 270 NT.

B : 讓我看看標籤。嗯，是義大利
的。

A : 我喜歡。能不能試穿？

B : 當然可以－－試穿室就在那裏。

6. A : 這兩隻錶，我不知道要選哪一
隻。

B : 唔，買星辰錶可能比較好。

A : 你爲什麼這麼說？

B : 嗯，這錶的品質很好。而且，
很多公司的主管都戴這種錶。

1. A : 這個義大利手提袋多少錢？

B : 哦，四千五百塊。

A : 那這個錢包呢？

B : 七百六十塊。

2. A : 這隻十八K金戒指多少錢？

B : 哦，一千六百塊。

A : 那這一隻金戒指呢？

B : 一千七百五。

3. A : 這副太陽眼鏡多少錢？

B : 哦，八百塊。

A : 那這隻煙斗呢？

B : 一千五。

4. A : 這付耳環多少錢？

B : 哦，兩百七十塊。

A：And what about this bracelet？　　　A：那這隻手鐲呢？
B：It's 960 NT.　　　　　　　　　　　B：九百六十塊。

** model〔'mɑdḷ〕*n.* 型；設計　　warranty〔'wɔrəntɪ, 'wɑr-〕*n.* 保用期間
buy〔baɪ〕*n.* 購買物　　executive〔ɪg'zɛkjʊtɪv〕*n.* 經理主管級幹部

❖ LESSON 13 ❖

Practice 1

1. A：How much would it be to send these two letters by registered mail？
   B：Let's see…to New York？ That would come to 96 NT.
   A：All right, that's not so bad.

2. A：I need ten postcards, 5 twenty-cent stamps, and 2 aerograms.
   B：All right, that'll be two thirty-four. Out of three？ Sixty-six cents is your change.
   A：Thanks.

3. A：How much are these letters？
   B：Hmm. Eighty-six cents each, times ten, that's eight dollars and sixty cents.
   A：Can I get a special rate for printed matter？
   B：Maybe. But then it will be sent by sea mail.
   A：How long would that take？
   B：Oh, a couple of months.

4. A：Is this package within the limit for airmail？

1. A：這兩封信寄掛號要多少錢？
   B：我看看…寄到紐約嗎？總共九十六塊。
   A：好吧，還不算太貴嘛！

2. A：我要十張明信片，五張兩角的郵票，和兩張航空郵簡。
   B：好，一共是兩塊三角四分。你給我三塊嗎？找你六角六分。
   A：謝謝。

3. A：寄這些信要多少錢？
   B：嗯，一封是八角六分，乘以十總共是八塊六角。
   A：寄印刷品沒有比較便宜嗎？
   B：有吧！不過那要寄海運。
   A：要花多少時間？
   B：哦，兩個月吧！

4. A：這個小包有沒有超過航空信的限制？

B : (weighing) Sheesh! What have you got inside there?

A : Just some books.

B : Hmm. I'm afraid you'll have to send it by air parcel.

B : (秤重)哇!你這裏面是什麼?

A : 幾本書。

B : 嗯,恐怕你得寄航空包裹了。

Practice 2

1. A : I need to change this into US dollars.

 B : 2600 NT? Into US dollars? That's exactly 1000 U.S.

1. A : 我要換美金。

 B : 台幣兩千六百塊換成美金?那剛好是美金一千塊。

2. A : Excuse me, but could you tell me today's exchange rate?

 B : For what currency?

 A : What's the U.S. dollar doing?

 B : The U.S. dollar is right at 26 NT.

2. A : 請問一下,你能不能告訴我今天的外滙滙率?

 B : 哪一種外幣?

 A : 美金是多少?

 B : 一美元剛好兌換台幣二十六元。

3. A : I need to cash this check for $100.

 B : Certainly, sir. How would you like that?

 A : Can you give me eight tens and twenty ones?

 B : Here you are, sir.

3. A : 我要兌現這張一百美元的支票。

 B : 好的,先生。你要多少錢的鈔票?

 A : 能不能給我八張十元鈔票和二十張一元鈔票?

 B : 好了,先生。

4. A : I need to cash this traveler's check, please.

 B : Okay. Just sign right here on the dotted line.

4. A : 請替我兌現這張旅行支票。

 B : 好的,請在這條虛線上簽名。

5. A : I need $150 of American currency.

 B : Okay, that'll be 3,900 NT. How would you like that?

5. A : 我要買一百五十元美金。

 B : 好的,折合台幣是三千九百塊。你要多少錢的鈔票?

A : One one-hundred and ten fives, please.

A : 請給我一張一百塊和十張五塊。

6. A : I need to make a deposit.
   B : Do you have an account here?
   A : Yes, I do.
   B : Please fill out this deposit slip and go over to window number eight.

6. A : 我要存款。
   B : 你在這裏有沒有戶頭?
   A : 有。
   B : 請填好這張存款單,然後到那邊八號窗口去。

** aerogram〔'eərə,græm,'ɛrə-〕*n.* 航空郵簡

(C) LET'S PLAY示範解答

❖ LESSON 1 ❖

· For Student A	**·學生A**
A : Is Deborah married ?	A : 黛博拉已婚嗎？
B : No, she's divorced.	B : 沒有。她離婚了。
A : What does she do ?	A : 她是做什麼的？
B : She's an engineer.	B : 她是工程師。
A : Does she have any children ?	A : 她有沒有小孩？
B : No.	B : 沒有。
A : How is she today ?	A : 她今天好不好？
B : Yesterday she was sick, but she's much better now.	B : 她昨天生病，不過現在好多了。
A : Where does she work ?	A : 她在哪裏工作？
B : She works for Apple Computer Co.	B : 蘋果電腦公司。
A : Does she have any hobbies ?	A : 她有沒有什麼嗜好？
B : Yes, she likes running and Kung Fu.	B : 有。她喜歡跑步和功夫。

· For Student B	**·學生B**
B : How is Charles today ?	B : 查爾斯今天好不好？
A : He feels very good.	A : 他很好。
B : Where does he work ?	B : 他在哪裏工作？
A : He works at an elementary school.	A : 在一間小學。
B : Does he have any hobbies ?	B : 他有沒有什麼嗜好？
A : He likes to read.	A : 他喜歡看書。
B : Is he married ?	B : 他結婚了嗎？
A : Yes, he is.	A : 是的，他結婚了。

B : How many children does he have ?　　B：他有幾個小孩？

A : He has one daughter.　　A：他有一個女兒。

B : Any sons ?　　B：有兒子嗎？

A : No.　　A：沒有。

B : What does he do ?　　B：他的職業是什麼？

A : He's a teacher.　　A：老師。

❖ LESSON 2 ❖

1. Do you like cats ?
   — I love cats! I have six at home.

1. 你喜歡貓嗎？
   —我喜歡貓。我家裏有六隻。

2. Are you interested in movies ?
   — Yes, I often go to the movies.

2. 你對電影有興趣嗎？
   —有。我常看電影。

3. Are you married ?
   — No, I'm single.

3. 你結婚了嗎？
   —沒有，我未婚。

4. Does anyone have three brothers?
   — I do! I'm the youngest.

4. 誰有三個兄弟？
   —我有。我是最小的。

5. Did anyone stay home last night?
   — I did. I had to study for a test.

5. 昨晚有人待在家裏嗎？
   —我待在家裏。我因為有考試，所以必須讀書。

6. Were you born in July ?
   — No, I was born in August.

6. 你是七月出生的嗎？
   —不是，我是八月生的。

7. Is anyone on a diet ?
   — (*Smiling*) Well ...

7. 有人正在節食嗎？
   —（微笑）這個嘛…

8. Do you think you need a new girlfriend ?
   — Of course not. What would I do with two girlfriends ?

8. 你覺得你需要一個新的女朋友嗎？
   —當然不需要。我要兩個女朋友做什麼？

9. Would you like to see a movie
with me ?
— I'd love to !

10. Are you able to cook ?
— Yes, a little.

11. Do you like spicy food ?
— No, not really.

12. Who has an interesting job ?
— I do ! I'm a model.

9. 你願不願意跟我去看電影？
—我很樂意。

10. 你會不會煮菜？
—會一點。

11. 你喜歡吃辣嗎？
—不，不太喜歡。

12. 誰的工作很有趣？
—我！我是模特兒。

＊ 如果被問者的答覆與該題之需要不符，發問者必須繼續發問，直到找到適合
的人爲止。

❖ LESSON 3 ❖

· **For Student A**

A : She's a teenage girl, maybe fif-
teen or sixteen. She has dark
hair ....

B : Long or short ?

A : Long. And she's kind of chubby.

B : Does she have bangs ?

A : Yes. And she wears glasses. Oh!
She has a ribbon in her hair.

· **學生 A**

A：她是個十幾歲的女孩，可能十五、
六歲。她的頭髮是黑色的…

B：長髮還是短髮？

A：長髮。而且她有點豐滿。

B：她有沒有瀏海？

A：有。她還戴眼鏡。哦，她頭上綁
了一條絲帶。

· **For Student B**

B : Okay, it's a middle-aged man with
an umbrella.

A : What does he look like ?

B : He's bald, with dark hair on the
sides. And he wears a moustache.

· **學生 B**

B：好的，這是個中年男子，還撐著
一把傘。

A：他的長相如何？

B：他是禿頭，但是兩側還有黑頭髮。
他的嘴唇上面蓄著鬍髭。

A: How is his head shaped?

B: It's long and thin. He has a pointed chin.

A：他的頭是什麼形狀？

B：是瘦長型的，他是個戽斗。

** chubby〔'tʃʌbɪ〕*adj*. 豐滿的；圓胖的

✤ LESSON 4 ✤

· **For Student A**

A: Sarah, may I borrow your car?
B: My car? What for?

A: I need something from the store.
B: Sorry, but my car is being fixed right now.

· 學生A

A：莎拉，我可不可以借用你的車？
B：我的車？做什麼？

A：我需要到店裏買點東西。
B：抱歉，我的車正在修理。

· **For Student B**

B: Can I borrow your toothbrush? I need to brush my dog's teeth.
A: What?! No way! That's disgusting!

B: Why? I've brushed his teeth with your toothbrush before....
A: Take it — it's yours!

· 學生B

B：我能不能借用你的牙刷？我要替我的狗刷牙。
A：什麼？門兒都沒有。眞噁心！

B：爲什麼？我以前也用過你的牙刷給我的狗刷牙…
A：拿去—算是你的了！

✤ LESSON 5 ✤

2. B: Hello, John? It's me, Amy. Do you have any plans for tomorrow?

   A: No, what did you have in mind?

   B: How about going to KISS Disco?

   A: I don't really feel like dancing. I know! Let's go to a concert!

2. B：喂，約翰嗎？是我，艾美。明天你有沒有什麼計畫？

   A：沒有，你打算做什麼？

   B：去Kiss狄斯可跳舞好不好？

   A：我不太想跳舞吧。有了！咱們去聽音樂會。

❖ LESSON 6 ❖

• **For Student A**	• 學生A

A : Do you have a bottle of wine ?

B : Yes. I do.

A : How about a bag of flour ?

B : Yes, I've got flour.

A : Have you got any bread ?

B : No, but I have some eggs.

A : What have you got in your suitcase?

B : I've got an umbrella, and a note-book, and some pens, and a couple of cans of beer....

A : Anything else ?

B : Yes, a bouquet of flowers.

** bouquet 〔 bu'ke, bo'ke 〕 *n.* 花束

A：你有沒有一瓶酒？

B：有。

A：你有沒有一袋麵粉？

B：有，我有麵粉。

A：你有沒有麵包？

B：沒有，不過我有一些蛋。

A：你的箱子裏有什麼東西？

B：我有一把傘、一本筆記、幾枝筆和兩瓶啤酒。

A：還有嗎？

B：還有。有一束花。

❖ LESSON 7 ❖

(*The word is "moon." The student makes a circle with his arms.*)

A : A fat person ?

B : No — something round ?

(*The student nods yes, then points upward.*)

C : Is it the sky ?

(*The student shakes his head no.*)

D : Is it something in the sky ?

(*The student motions for D to continue.*)

D : Sun, moon, stars ....

Student : That's it ! The word was "moon!"

(抽到的字是「月亮」。抽到這題的學生用手畫個圓。)

A：胖子嗎？

B：不是 ── 是圓的東西嗎？

(表演的學生點頭表示對，然後向上指。)

C：是天空嗎？

(表演的學生搖頭表示不對。)

D：是不是天空的東西？

(表演的學生示意D繼續猜。)

D：太陽、月亮、星星…

表演學生：對了，是「月亮」！

❖ LESSON 8 ❖

• **For Student A**

A : Is it all right to smoke?

B : Yes. But you can't have any kind of fire.

A : What about wine? Is that allowed?

B : No, you're not supposed to have alcohol.

A : Is gambling permitted?

B : Let me see.... Yes, I think so.

• **For Student B**

B : Are skateboards permitted in Twin Pines Mall?

A : They're not against the rules.

B : What about pets?

A : You can only take seeing-eye dogs.

B : Is it all right to sing and play the guitar?

A : No, that would be loitering.

✱✱ skateboard〔'sket,bɔrd, -,bord〕 *n.* 滑板
   seeing-eye dog 導盲犬   loiter〔'lɔɪtɚ〕 *v.* 徘徊；閒蕩

• 學生A

A : 可以抽煙嗎?

B : 可以,但是不能用火。

A : 酒呢?可以喝嗎?

B : 不行,你不可以喝酒。

A : 可以賭博嗎?

B : 我看看…是的,我想可以吧。

• 學生B

B : 雙松購物中心裏可以溜滑板嗎?

A : 這並不違反規定。

B : 那寵物呢?

A : 只有導盲犬可以進入。

B : 可不可以唱歌、彈吉他?

A : 不可以,那就算是逗留了。

❖ LESSON 9 ❖

• **For Student A**

A : Do you think that UFO's exist?

B : Maybe they do. My uncle says he saw one.

A : I don't believe it!

B : Neither do I. Still, it's possible.

• 學生A

A : 你認為幽浮存不存在?

B : 可能存在吧。我叔叔說他看過。

A : 我無法相信!

B : 我也是。不過,還是有可能。

· For Student B

B : It could be that people will live in domed cities.

A : I really don't think so.

B : Don't you imagine that pollution will get worse?

A : Yes, but domed cities? That's impossible.

＊＊ dome〔dom〕*v.* 覆以圓頂

· 學生 B

B : 未來人類可能會住在覆蓋圓頂的都市裏。

A : 我不覺得。

B : 難道你不認爲污染的情況會愈來愈糟嗎?

A : 是啊!但是,蓋頂的城市嘛,那是不可能的。

❖ LESSON 10 ❖

· For Student A

B : Are you ready to order?

A : Yes, I'll have bacon and eggs.

B : And how would you like your eggs?

A : Scrambled, please.

B : Would you care for anything to drink?

A : Just a cup of coffee.

· 學生 A

B : 您要點菜了嗎?

A : 是的,我要醃肉和蛋。

B : 您的蛋要怎麼煮?

A : 請用炒的。

B : 您想喝什麼飲料嗎?

A : 一杯咖啡就好了。

❖ LESSON 11 ❖

B : Do you have anyone on your list who likes astrology and meditation?

A : Let me see... Paul Kristoff is a philosophy professor. That's pretty close.

B : How old is he?

A : He's 42.

B : Hmmm. Diana's only 26.

A : Okay, how about John Bowers?

B : 你的名單上有沒有人喜歡占星術和沈思?

A : 我看看…保羅·克里斯多夫是個哲學教授。相當接近。

B : 他幾歲?

A : 四十二歲。

B : 嗯,黛安娜才二十六歲。

A : 好吧,那約翰·鮑爾斯如何?

＊＊ astrology〔ə'strɑlədʒɪ〕*n.* 占星術　meditation〔,mɛdə'teʃən〕*n.* 沈思

❖ LESSON 12 ❖

A : Do you have any size ten?

B : I'm afraid we're out of size ten.

A : 你們有沒有十號的鞋?

B : 恐怕沒有。

A : I'm looking for a pair of shoes.

B : What size do you want?

A : Size ten.

B : How about this pair of cowboy boots?

A : How much are they?

B : Only twenty dollars.

A : I think I'll look around some more.

A : 我在找一雙鞋。

B : 你要幾號?

A : 十號。

B : 這雙牛仔靴怎麼樣?

A : 多少錢?

B : 二十塊而已。

A : 我想,我再看看好了。

A : What size are these slippers?

B : Size ten, sir. They're on special for fifteen dollars. Shall I wrap them for you?

A : I'll take them!

A : 這雙脫鞋是幾號?

B : 十號,先生。現在特價十五元。要我替您包起來嗎?

A : 就買這雙吧!

❖ LESSON 13 ❖

A : Are you an introvert or an extrovert?

B : I guess I tend to be introverted.

A : 你是外向型還是內向型的人?

B : 我想我是偏內向吧!

A : Okay. Does your life move forward, stay the same, or just change a lot?

B : It's usually about the same.

A : 好。你的生活是不斷往前,保持不變,還是變來變去?

B : 通常是沒什麼改變。

A : All right. Do you make decisions based on emotion, intuition, or practicality?

B : I'm a very practical person.

A : 好的。你下決定時是憑感情、直覺,還是實用性?

B : 我是個相當實際的人。

A : Let's see... You must be a Taurus. What's your sign?

B : I'm a Pisces.

A : 我看看…你是金牛座的吧,對不對?

B : 我是雙魚座。

A : That means you're a subtle, ro-mantic person. You can be very sympathetic, and you are patient and sensitive.

B : That sounds like me, all right.

A : 那表示你是個敏銳、浪漫的人。你可能很有同情心，既有耐性，又敏感。

B : 聽起來是很像我沒錯。

**　introvert〔ˊɪntrəˌvɝt〕*n.* 內向型的人
　　extrovert〔ˊɛkstrəˌvɝt〕*n.* 外向型的人
　　Taurus〔ˊtɔrəs〕*n.* 金牛座　　Pisces〔ˊpɪsɪz〕*n.* 雙魚座

❖ LESSON 14 ❖

1 (*C rings doorbell.*)

A : C! How are you doing?

C : Great! Everything's just fine.

A : Come on in!

C : Sorry I'm late, by the way.

A : Don't worry about it! Do you know B?

C : No, I don't believe we've met.

A : B, this is C. C, B.

B : How do you do?

C : Pleased to meet you.

A : Hey! Can I get you something to drink? How about a beer?

C : A beer sounds good.

A : B?

B : No, thanks. I still haven't fin-ished this one. (*Lifts glass.*)

C : Excuse me a moment. I'll be right back.

B : C, I hear that you've just gradu-ated from Yale.

C : Yes, I'll be going to law school now.

B : Well congratulations!

C : Thank you!

(C 按門鈴。)

A : C！你好嗎？

C : 很好，我一切都很順利。

A : 進來吧！

C : 對了，很抱歉，我遲到了。

A : 沒關係！你認識 B 嗎？

C : 不認識，我想我們沒見過面吧。

A : B，這是 C。C，這是 B。

B : 久仰久仰。

C : 很高興見到你。

A : 嘿！我去替你們拿點飲料好嗎？啤酒好不好？

C : 啤酒，好啊！

A : B，你呢？

B : 不用，謝謝。我這一杯還沒喝完呢！（舉起杯子。）

C : 失陪一會兒。我馬上回來。

B : C，我聽說你剛從耶魯畢業。

C : 是啊，我要進法律學校了。

B : 噢，恭喜你！

C : 謝謝！

A : Here's your beer, C.

C : Mmm! Thanks!

A : How's your brother these days, B?

B : Oh, he's been home with a cold.

A : I'm sorry to hear that.

C : What...? Sorry, B, but what happened to your brother?

B : He's sick. He has a cold.

C : That's too bad. I hope he gets better.

B : Well, I'd better be going. It's getting late.

A : Why don't you stay a little while longer?

C : I'd better be going, too. Thank you for a wonderful evening.

B : Yes, thank you! I had a great time.

A : It was a pleasure having you both.

C : I'll have to have you over to my house sometime.

A : That sounds great! I'll be looking forward to it.

2

C : Can I help you with anything?

A : Yes, I'm looking for a blue sweater.

C : How about this one?

B : You'd better try it on, A.

A : This one's too large. Do you have anything smaller?

C : How about this green sweater?

A : Hmmm. How much is it?

C : All the sweaters are 800 NT.

B : You'd better make sure they come with a guarantee.

C : Oh, all of our merchandise come with a one-year guarantee.

A : 這是你的啤酒，C。

C : 嗯，謝謝！

A : 你弟弟最近好嗎，B？

B : 哦，他感冒了，待在家裏。

A : 我聽了很難過。

C : 什麼…？抱歉，B，你說你弟弟怎麼了？

B : 他病了，是感冒。

C : 眞糟糕！我希望他早日康復。

B : 嗯，我得走了，時間不早了。

A : 你不再多待一會兒嗎？

C : 我最好也告辭了。謝謝你這個美好的夜晚。

B : 是啊，謝謝你。我玩得很愉快。

A : 你們兩個能來，是我的榮幸。

C : 下次我一定要請你們到我家去。

A : 聽起來很棒！我會期待那一天的到來。

C : 我能替您效勞嗎？

A : 是的，我要找一件藍色的毛衣。

C : 這一件怎麼樣？

B : 你最好試穿看看，A。

A : 這一件太大了。你有沒有小一點的？

C : 這件綠毛衣如何？

A : 嗯，多少錢？

C : 所有毛衣都是台幣八百塊。

B : 你最好確定有保證。

C : 噢，我們所有的商品都有一年保證。

B : I need to send this package to Sweden.

C : That'll be thirty dollars for airmail.

B : Here you are.

C : And you'll need to fill out this customs declaration and insurance form. Can I help you, sir?

A : Yes, I need to withdraw some money.

C : Please fill out this withdrawal slip.

B : 這個包裹我要寄到瑞典。

C : 寄航空是三十元。

B : 給你。

C : 你還要填關稅申報書和保險單。我能幫你忙嗎，先生？

A : 是的，我要提款。

C : 請填寫這張提款單。

A : A table for two, please.

B : By the window, if possible.

C : Right this way, please.

A : Do you have an English menu?

C : Certainly. Here you are, sir... Are you ready to order?

A : I can't decide. Do you have any good vegetarian dishes?

C : May I suggest the quiche? I should mention that it contains mushrooms....

A : Okay, I'll have the quiche.

C : And you, sir?

B : I'd like a steak.

C : And how would you like that cooked?

B : Rare. With a baked potato on the side.

C : Anything to drink?

B : Maybe a cup of coffee.

A : I'll have a glass of orange juice.

C : All right, I'll have your order in just a few minutes.

A : 請給我們一張兩人的桌子。

B : 如果可能的話，要靠窗的。

C : 請走這邊。

A : 你們有沒有英文菜單？

C : 當然有。在這兒，先生…您要點菜了嗎？

A : 我還沒決定。你們有沒有什麼好吃的素菜？

C : 我建議您吃素餅，裏面有香菇…。

A : 好，我就吃素餅。

C : 那您呢，先生？

B : 我要一客牛排。

C : 您的牛排要幾分熟？

B : 三分熟。在旁邊加個烤馬鈴薯。

C : 要喝什麼飲料嗎？

B : 一杯咖啡吧！

A : 我要一杯柳橙汁。

C : 好的。過幾分鐘就上菜。

** merchandise 〔'mɜtʃən,daɪz 〕 *n.* 商品

　quiche〔kitʃ〕 *n.* 派餅之一種

學習出版公司門市部

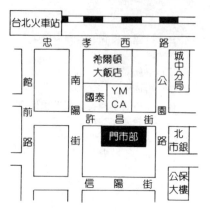

●台北門市部●

地址：台北市許昌街10號二樓
　　　（希爾頓飯店後面）
TEL：(02)3314060

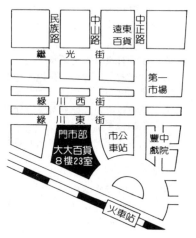

●台中門市部●

地址：台中市綠川東街32號
　　　（大大百貨樓上8樓23室）
TEL：(04)2232838

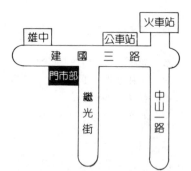

●高雄門市部●

地址：高雄市繼光街21號３樓之２
　　　（建國三路，繼光街口，哈佛
　　　大廈，雄中對面）
TEL：(07)2710651

AT 美語會話教本

ALL TALKS

教師手冊

2

人物介紹

CONTENTS

如何使用 ALL TALKS

ALL TALKS 一套共分兩册，適合**初級**程度的英語教學。以下分別就教師與學生兩方面說明使用的方法。

For Teachers

1. 老師先帶著同學們唸(A) LET'S TALK的對話部分，並與解說。然後請2位同學起來，或將全班分爲兩邊，輪流當A與B，反覆練習，同時由老師糾正同學們的發音及語調。

2. (B) LET'S PRACTICE 的部分爲實用例句，經過分類整理後，同學們可以很快地熟悉哪種狀況，該怎麼說。老師可請同學一個個起來唸，增加學生說話的機會。此部分另附有一到二個角色扮演（role-play）活動；同學們可2個人一組，馬上將所學的例句靈活運用到會話當中。

3. (C) LET'S PLAY是較輕鬆的活動設計。老師先講解表中的句型，讓同學們熟悉之後，再2個人一組，利用所學的句型進行資料交換的對話活動。老師可在一旁指導，亦可挑選一組上台表演，讓同學們在愉快的心情下學習。

4. 習題（Exercise）可讓同學當回家作業，亦可在課堂上測驗，馬上驗收學習成效。習題解答及全書中文翻譯都附在教師手册（Teacher's Edition）中。

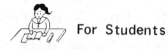

For Students

在課前，學生可先聽一次卡帶，將課文內容預習一遍。下課後再配合卡帶來訓練聽力或加深記憶，復習上課教過的部分。

I Lost My Wallet

聽老師唸
並跟著說。

(A) 讓我們一起來說

A：我的皮夾不見了。

B：請問你叫什麼名字？

A：鮑伯・楊。

B：你能告訴我你的皮夾是什麼樣子的嗎？

A：好的——棕色皮，大概有這麼大吧。

B：裏面有多少錢呢？

A：差不多五十元左右，還有駕照和所有的信用卡。

B：你在哪裏發現皮夾已經遺失的呢？

A：就在那邊。

B：好的，如果找到的話，我們會通知你。

(B) 讓我們一起來練習

（學習下列語句，並和同伴一起做練習。）

(1) 遺失的物品

1. 我的手提箱不見了。
2. 我的皮夾被偷了。
3. 我的錢包被偷了。
4. 我的皮夾和護照都不見了。
5. 我的護照不知道掉在哪裏了。
6. 我想我把旅行支票弄丟了。

(2) 詢問詳情

7. 你能告訴我你的皮夾是什麼樣子的嗎？
8. 是哪一種皮夾呢？
9. 裏面有多少錢呢？
10. 你在哪裏發現皮夾掉了的呢？
11. 你的手提箱裏面有什麼東西呢？
12. 你的旅行支票是在哪裏買的？
13. 你到失物招領處找過了嗎？

LESSON 1

14. 你是在什麼時候發現手提箱遺失的呢？

(3) 詳細的描述

15. 棕色皮，大概有這麼大。
16. 是黑色的，上面還有一只金別針。
17. 大概有一百元左右，還有護照和所有的信用卡。
18. 我不知道我把它忘在哪裏了。
19. 所有的東西都在裏面。
20. 我在臺北的美國運通銀行買的。

● 練習 1

　　兩個人一組，輪流扮演警察和東西被偷走的人，練習如何向警察描述遺失的東西。

2. 拿出自己的皮夾或皮包。假設你是剛剛才在公車上遺失的，試著向警察描述之。

1. 你的皮夾掉了，選出三樣皮夾裏的東西。

LESSON 1

(4) **大喊救命**

21. 小偷啊！

22. 抓賊啊！

23. 失火了！

24. 有扒手啊！

25. 有人殺人啊！

26. 有人偷東西啊！

27. 警察啊！

28. 救護車啊！

29. 救命啊！

30. 這是緊急事件。

(5) **通知警方**

31. 請趕緊告訴警察。

32. 警察局在哪兒？

33. 我必須要到警察局去嗎？

34. 我得立刻通知警察。

35. 請作一份記錄，因為我要拿到保險公司去申請賠償。

36. 如果找到的話，我們會通知你。

● **練習 2**

　三個人或四個人一組，討論遭遇下列情況時，應該如何處理。

LESSON 1

(C) 讓我們一起來玩遊戲

（先學習下列句型，再和你的同伴交換資料。）

這 他	是 在	銀行嗎？ 拉什麼東西嗎？

是的。 不完全是。

他們 他們	在	客廳嗎？ 看電視嗎？

不，	他不是。 他們不是。

另一個圖中	有	一個男人嗎？ 一隻狗嗎？ 許多家庭成員嗎？

是的，	有的。
不，	沒有。

我認爲 也許	他像是 他們在	在街上拉馬車。 看新聞。

● 兩個人一組，猜猜看圖案的另一半應該是什麼；每一個圖案有三次機會。

≪習題示範解答≫

（完成下列對話。）

(1) 對話

A： I had my wallet <u>stolen</u>. 我的皮夾被偷了。

B： Where were you when you first noticed it <u>missing</u>？
你在哪裏發現皮夾被偷走？

A： On the third floor. 在三樓。

B： Can you <u>describe</u> the wallet for me？
請你告訴我你的皮夾是什麼樣子的好嗎？

A： Yes，it's black <u>with</u> a gold pin. 好的。黑色的，上面還有一只金別針。

B： Did you check the <u>lost</u> and <u>found</u>？ 你到失物招領處找過了嗎？

A： Not yet. 還沒有。

B： Let's see if it might have turned <u>up</u>. 說不定你可以在那兒找到喔！

LESSON 1

⑵ 卡通

① I'm afraid <u>I've lost my traveler's checks.</u> 我想我的旅行支票遺失了。

② Where did you buy them? 你在哪裏買的呢？

③ I <u>purchased them at the American Express office in Taipei.</u>
我在台北的美國運通銀行買的。

Lesson  Are You Free This Weekend?

聽老師唸
並跟著說。

(A) 讓我們一起來說

A：我們找個時間一起出去玩怎麼樣？
B：太好了，什麼時候呢？

A：這個週末妳有空嗎？
B：嗯，我禮拜五有課，然後就沒事了。

A：太好了！那麼，妳覺得吃完晚飯後再去看電影怎麼樣？
B：聽起來真不錯。你想看哪一部電影呢？

A：妳喜歡看恐怖片嗎？
B：才不要呢！看喜劇片或別的好不好？

A：好吧。那我七點鐘去接妳可以嗎？
B：好，一言爲定。

(B) 讓我們一起來練習

（學習下列語句，並和同伴一起做練習。）

(1) 要求定約

1. 您什麼時候最方便呢？
2. 我們要什麼時候去呢？
3. 你什麼時候可以呢？
4. 你什麼時候方便來看我呢？
5. 我什麼時候可以去看他呢？
6. 我什麼時候可以過來見見經理呢？
7. 我明天可以見見你嗎？

8. 你今天下午有空嗎？
9. 三點鐘你方便嗎？
10. 兩點半可以嗎？
11. 下禮拜三下午兩點鐘怎麼樣？
12. 四點可以嗎？

(2) 約定時間和地點

13. 明天下午兩點半在希爾頓飯店的大廳見。

LESSON 2

14. 我什麼時候都可以 。

15. 我什麼時候都方便 。

16. 這個時間對我來說非常恰當 。

17. 兩點鐘左右 ，我等你來 。

18. 我會在兩點和兩點半之間到達那裏 。

● 練習 1

兩個人一組 ，分別寫下自己的一週行事曆 ，然後決定一下哪些時間可以聚在一起 。如果可以的話 ，請務必要討論出下列各項問題 ；如果不行 ，也要想出一個適當的理由 。

> 1. 是約會 ？還是只是朋友間的聚會 ？
>
> 2. 在哪兒碰頭 ？幾點 ？
>
> 3. 你們要去哪裏 ？要做些什麼 ？

	星期一	星期二	星期三	星期四	星期五	星期六	星期日
A.M.							
P.M.							

⑶ 和某人會面

19. 我沒有預約時間 ，但是實在有很緊急的事情 。

20. 我想現在和他約一下時間 。

21. 請給我幾分鐘時間好嗎 ？

22. 請給我幾分鐘時間 ，讓我和您談談好嗎 ？

23. 我要見威爾遜先生 ，謝謝 。

24. 我和威爾遜先生約好了下午三點鐘見面 。

25. 我能見見威爾遜先生嗎 ？

LESSON 2

26. 我能見見約翰嗎？只要一下子就好。

27. 李先生託我帶一封介紹信給威爾遜先生。

28. 我先前打過電話預約了。

● 練習 2

兩個人一組，根據下列情況，和你的同伴練習訂約會，然後再互換角色。

1. 到我的辦公室來　　　2. 一起去看電影　　　3. 來看我
　 討論設計圖

4. 和已經約好的威爾遜　5. 去見經理，但沒有事　6. 帶著一封介紹函和總
　 先生會面　　　　　　　 先約好　　　　　　　　 經理會面

LESSON　2

(C) 讓我們一起來玩遊戲

●給學生A和B

（先學習下列句型，再和同伴一起做遊戲。）

因為	他 她	曾是一個部門主管， 主修過資訊工程， 有企管碩士的學位，	他 她	應該 可以 將可以	不用接受訓練。 做得很好。

克莉兒 腓德烈 史吉普	會成為一個 很不錯的	推銷員 經理	因為	她有工作經驗。 她會說法語。
				他很年輕。

如果我們雇用	比爾， 莎拉， 腓德烈，	那我們就	無法 不能	雇用	克莉兒。 比爾。 史吉普。
			必須		

他的 她的	學歷 經驗 技術	將會	派得上用場。 適合我們的需要。

● 給老師

● 兩個人一組，班上同學都是公司裏招募新人委員會的一員。今天他們已經對兩個
　職位的六位面試者晤談，以下就是六位面試者的簡歷和希望待遇（美元）！

$45.000

比爾・羅伯森

學士（會計系）
企管碩士
（財務金融）

在一家銀行擔任了
六年的貸款部職員

$35.000

莎拉・渥芙

學士（法文系）

在一家小零售商店
做了四年的助理經
理

$25.000

安吉拉・海利絲

學士（化學系）

在非洲救援計劃部
擔任了一年半的部
門經理

$20.000

史吉・克羅尼

學士（音樂）

無全職經驗
周末在市政廳
工作

$30.000

腓德烈・波爾

博士（歷史）

十三年的大學教書
經驗

$22.000

克莉兒・威尼克

學士（資訊工程系）

擔任三年秘書工作

● 你們對以下兩個職位的預算是六萬五千美元，和你的同伴一起討論後，做最後的
　決定。

分公司經理

負責監督三十個員工、提出管理預算案、選擇製造商
和銷售商、統合行銷企劃案

推銷員

經過短期技術訓練後，能將公司產品的特點介紹給可
能購買的銷售商

● 你會錄用哪兩個面試者呢？爲什麼？

LESSON 2

≪習題示範解答≫

（完成下列對話。）

(1) 對話

A： We must <u>meet again to discuss this</u> sometime next week.
我們下禮拜一定要再找個時間討論一下。

B： OK. When can you <u>make it</u>？好的，什麼時候呢？

A： <u>How about</u> Friday afternoon？禮拜五下午怎麼樣？

B： Hmm... <u>That'll suit me perfectly.</u> 嗯…這個時間對我來說十分恰當。

A： Good. Do you want to meet <u>here</u>？很好，那我們要在這裏碰頭嗎？

B： Sure. No problem. 可以，沒問題。

   *   *   *   *

A： Can I help you？我能為您效勞嗎？

B： Yes. I'd like <u>to see Mr. Wilson</u>. 好的。我想見見威爾遜先生。

A： Do you have <u>an appointment with him</u>？您和他有沒有事先約好呢？

B： Yes. I <u>called him</u> this morning. He wanted me to drop by.
有的，我今天早上打過電話給他了，他要我順道過來見他。

A： Give me your name, please. I'll tell him you're here.
請告訴我您的大名，讓我通知他您已經來了。

(2) 卡通

① May I <u>call on you around</u> that time？那個時間我去拜訪妳好嗎？

② Yes, of course. I'll be <u>expecting you.</u>
好啊，當然可以，我會等你來。

May I Speak to Mr. Davis?

聽老師唸
並跟著說。

(A) 讓我們一起來說

A：喂，塔爾公司。

B：喂，我是莉莎‧威屈，請找戴維斯先生聽電話好嗎？

A：抱歉，他現在不在辦公室裡。

B：那你知道他什麼時候會回來嗎？

A：大概要晚一點，你要留話嗎？

B：好的，就告訴他我打過電話來了……

A：威屈是不是 W-E-L-C-H 呢？

B：是的，請他撥個電話給我。

A：好的，他有沒有你的電話號碼呢？

B：那你記一下號碼吧，比較保險。743……

A：稍等，他進來了。戴維斯先生，第二線。

(B) 讓我們一起來練習

（學習下列語句，再和同伴一起做練習。）

(1) 打電話

1．請找史密斯先生聽電話。
2．請問是白公館嗎？
3．珍妮在家嗎？
4．我先生在嗎？
5．請幫我接布朗先生好嗎？
6．請幫我接到產品部好嗎？
7．請接分機一六六。
8．請找海倫聽電話好嗎？

(2) 拿起話筒

9．請問你是哪位？
10．喂，我就是。
11．我是李大衛。

LESSON 3

(3) **問題**

12. 你打錯了。

13. 對不起，我打錯了。

14. 請問你打幾號？

15. 線路被切斷了！

16. 我打不通。

17. 電話佔線了。

18. 沒有這個人。

19. 請掛斷再撥一次。

● **練習1**

兩個人一組，輪流打電話和接電話。請利用下列各種狀況：

1. 約翰·伍德打電話到布朗先生家，布朗先生自己接起電話。

2. 史密斯先生要找銷售部的強森先生講話，接線生要他打分機一七八。

3. 大衛·李打電話給珍妮·懷特，但是打錯了。

4. 線路被切斷了。接線生告訴你要掛斷再打一遍。

(4) **要找的人不在**

20. 他現在不在他的座位上。

21. 抱歉，他出去了。

22. 你想他什麼時候會回來呢？

23. 我待會兒再打。

24. 我想他大概再過一小時就會回來了。

(5) **留話**

25. 你要留話嗎？

26. 我可以留話給他嗎？

27. 要我叫他回電話給你嗎？

28. 請你告訴他我打過電話來了好嗎？

29. 請叫他打電話給我，713-5678？好嗎？

30. 請叫他回電話給我好嗎？

31. 當然可以，請告訴我你的電話號碼好嗎？

(6) **轉接電話**

32. 請等一下。

33. 請等一下。

LESSON 3

34. 請稍等。

35. 先生，請稍等。

36. 有你的電話。

37. 你的電話，卡特先生打來的。

38. 他在講電話，接不通。

39. 他在講另外一支電話，你要不要等一下呢？

40. 摩根先生已接通。

● **練習 2**

兩個人一組，其中一人扮演商人，打電話給客戶；另外一人扮演客戶的秘書。請利用下列各種狀況做為引導：

1. 商人有要事共商，但客戶很忙，不想被打擾。

2. 事情緊急，但客戶不在。

3. 客戶在公司的另一部門。（轉接電話）

© **讓我們一起來玩遊戲**　　　　　● 全班一起玩

（先學習下列句型，再和同學一起玩遊戲。）

他說 她告訴他	車子發不動。
他詢問是否	她懷孕了。

男孩 秘書	吩咐 告訴	女孩 客戶	要替他擦鞋。 老闆出去了。

職員 那人	要求	老闆 政治家	給他升職。 不要提高賦稅。

間 接 句 法

● 花兩分鐘時間看下頁的附圖，然後闔上。再利用下列的問題來測驗一下自己的記憶力。

  例：The lazy man said that he hates mornings. 賴床的男人說他討厭早晨。

☆ The motorcycle driver told the old lady to get out of his way.
  摩托車騎士叫老太太不要擋路。

☆ The politician promised not to raise taxes.
  政治家答應不會提高稅額。

☆ The little boy told his dog to sit. 小男孩叫狗兒坐下。

☆ The woman told her husband that they're going to have a baby.
  女人告訴她的丈夫說她懷孕了。

☆ The clerk asked his boss for a promotion.
  職員要求他的老闆給他升職。

☆ The man looking under the hood said his car wouldn't start.
  男人打開引擎蓋看一看說車子發不動了。

☆ The secretary said that she'll ask her manager to call back.
  秘書說她會轉告經理要回電話。

☆ The army sargeant told the soldier that his shoes weren't shined.
  士官長告訴士兵說他的鞋子沒有擦亮。

☆ The little girl gave her friend a present.
  小女孩把禮物送給她的朋友。

I hate mornings.

☆ The little boy said he loved ice cream.
  小男孩說他很喜歡吃冰淇淋。

☆ The student said he'd never pass math.
  學生說他的數學永遠都不會及格。

☆ The workman asked what time it was.
  工人問現在幾點了。

LESSON 3

≪習題示範解答≫

（完成下列對話。）

(1) 對話

- A： Is my husband <u>in</u>？ 我丈夫在嗎？
  B： I'm sorry, he <u>just left</u>. 對不起，他剛剛出去了。

  A： When <u>will he be back</u>？ 那他什麼時候會回來呢？
  B： <u>Around</u> three o'clock, I think. 大概三點鐘吧，我想。

- A： Hello, <u>may I speak to</u> Miss Chang？ 喂，請問張小姐在嗎？
  B： She'll be <u>right</u> with you. 她馬上就來。

- A： I'd like to <u>speak to</u> Roy Rogers, please.
  請找洛依・羅傑斯聽電話。
  B： I'll <u>get</u> him for you. 我去叫他來。

- A： ABC's Laundry Service. ABC 洗衣店。
  B： I'm sorry. I called <u>the wrong number.</u> 對不起，我打錯了。

- A： Is Mr. Smith in？ 請問史密斯先生在嗎？
  B： There is no one here <u>by</u> that name. What number <u>did you call</u>？
  這裏沒有這個人，你打幾號？

(2) 卡通

① <u>Who is calling</u>, please？ 請問你是哪位？
② This is <u>Tom Lee</u> speaking. 我是李湯姆。

① May I <u>speak to Nancy</u> please？ 請問南茜在家嗎？
② Sorry, she's <u>out at the moment.</u> Would you like <u>to leave a message</u>？
抱歉，她現在不在，你要留話嗎？

Lesson 4 I'd Like to Make a Collect Call

聽老師唸
並跟著說。

(A) 讓我們一起來說

A： 接線生，我能爲您效勞嗎？
B： 我要打一通電話到美國，由對方付費，謝謝。

A： 請問電話號碼是……？
B： 區域號碼（817），485-0306。

A： 您的大名是……？
B： 約翰。

A： 請等一下。（電話鈴響了。）
C： 喂？

A： 有一通約翰打來的付費電話，您願意付費嗎？
C： 願意。

A： 對方已經接通了，請開始講吧。

(B) 讓我們一起來練習

（學習下列語句，並和同伴一起做練習。）

(1) 打電話到國外

1. 我要打一通國際電話到東京。
2. 我要打一通長途電話到芝加哥。
3. 我要打一通叫人電話給何洛得・大衞先生。
4. 請接一通叫人電話。
5. 請幫我接國際電話接線生好嗎？
6. 我要打一通國際電話，謝謝。

LESSON 4

7. 請由對方付費。
8. 我要打一通電話到台灣的台北，由對方付費。
9. 由對方付費，謝謝。
10. 叫號電話，謝謝。
11. 對方的名字叫李大衞。
12. 區域號碼是107，電話號碼是366-4871。
13. 請把這通電話取消掉。
14. 我要打一通電話到倫敦。

(2) 接線生的詢問和指示

15. 您要打哪一種國際電話呢？
16. 您要打叫人電話嗎？
17. 請問電話號碼是……？
18. 請告訴我電話號碼好嗎？
19. 請告訴我日本的電話號碼好嗎？
20. 您的大名是……？
21. 這通電話您要付費嗎？

22. 請掛斷電話，稍等一下。
23. 請等一下。
24. 稍等一下。
25. 請別掛斷。
26. 我待會兒再回電話給您。
27. 對方已經接通了。
28. 請開始講吧。

● 練習 1

兩個人一組，其中一人當接線生，另一人當要打電話的人。

1. 你要打長途電話回來，但是錢不夠。
2. 你想打回達拉斯的辦公室，誰接都可以。
3. 你想親自和舊金山的保羅·威爾遜講話。

(3) 諮詢服務

29. 請你告訴我聖路易斯市的區域號碼好嗎？

LESSON　4

30．我想知道皮巴第飯店的電話號碼。

31．請告訴我希爾頓飯店的電話號碼好嗎？

32．巴黎的市區號碼是多少？

33．接線生，請幫我接警察局。

34．接線生，我需要一輛救護車。

35．接線生，請幫我接消防隊。

● **練習 2**

兩個人一組，其中一人當接線生，另一人當要打電話的人。

1. 你想打電話給費歐娜·李小姐，她現在在格林飯店的第一〇二號房，但是你不知道格林飯店的電話號碼。

2. 你要打一通國際電話到巴黎，但是你不知道它的市區號碼。

3. 你正沿著威爾遜大道走著，正好看見一幢建築物著火，而且有不少人受傷，趕緊打電話叫救護車，並通知消防隊。

⑷ **長途電話付費**

36．有一通付費電話，是芝加哥的大衞先生打來的，您願意付費嗎？

37．麻煩你待會兒告訴我通話的時間和費用好嗎？

38．我想現在就知道費用。

39．這通電話要多少錢？

40．請算到我房間那支電話來付費。

● **練習 3**

兩個人一組，輪流扮演接線生和打電話的人。

你想從旅館打一通國際電話。 ⇨ 試著透過櫃台的服務生與國際電話接線生聯繫。 ⇨ 打一通叫人電話。

報上你的大名，以及告訴接線生對方的姓名和電話號碼（還有區域號碼）。 ⇨ 接線生會告訴你對方是不是要接電話。 ⇨ 最後，你想知道此通電話的費用和通話的時間。

(C) 讓我們一起來玩遊戲

（先學習下列句型，再和你的同伴交換資料。）

對不起，我想要…… 我該怎麼做呢？	嗯，首先……
好，然後呢？	然後，你必須……
我懂了，接下來呢？	接下來，你……
就這樣嗎？	嗯，最後你要……
噢，我知道了，謝謝！	

LESSON 4

<學生A>

● 問問你的同伴，如何

(1) 領取駕照 　　　　(2) 洗衣服

● 以下是教你同伴如何做某事的方法：

(1) 領錢
　　• slide your card into the machice and punch your code number
　　　（挿入你的提款卡，再按密碼）
　　• select the amount of money you want to withdraw（按出你想提的金額）
　　• check the amount of money （點錢）
　　• pull your card out （將提款卡取出）

(2) 炒蛋
　　• break some eggs into a bowl （打蛋）
　　• grease the pan （熱鍋）
　　• pour the egg mix into the pan along with a little pepper
　　　（將蛋糊倒入鍋中，再加點胡椒）
　　• scramble until the eggs are ready to eat （炒到熟為止）

<學生B>

● 問問你的同伴，如何

(1) 領錢 　　　　(2) 炒蛋

LESSON 4

● 以下是教導你同伴如何做某事的方法：

(1) 領駕照

- fill out a form at Counter 7 （ 在 7 號櫃台填寫一張表格）
- give you an eye exam （ 接受視力檢查 ）
- take a driving test （ 路考 ）
- pay a small fee and they will mail you the license after a few weeks （付些手續費，駕照在幾個星期之後郵寄到家）

(2) 洗衣服

- put your clothes in the washing machine along with some laundry detergent （ 把衣物投入洗衣機中，並放入洗衣粉 ）
- put a coin into the machine and choose the settings （投幣後，選擇洗衣方式）
- press the start button （ 按下「開始」的按鈕 ）
- wait for about 20 minutes （ 等大約 20 分鐘 ）

≪習題示範解答≫

（ 完成下列對話。）

(1) 對話

A : Operator, may I help you？ 接線生，我能為您效勞嗎？
B : I'd like to place a call to London. 我要打一通電話到倫敦。

A : What number, please？ 請問對方的電話號碼是多少呢？
B : Country code 44, area code 1, 640097.
國碼是四四，區域號碼是一，六四〇〇九七。

A : Will this be a person to person call？ 是叫人電話嗎？
B : No, make it a station call. 不，是叫號電話。

A : Your party is on the line now. 好了，對方已經接通了。
B : Hello, operator？ We have a bad connection. I can't hear a thing.
喂，接線生嗎？線路沒接好，我什麼也聽不見。

LESSON 4

A : Please <u>hold</u> on. 請等一下。

⑵ 卡通

① I'd like to <u>place an overseas call to Taiwan.</u>
我要打一通國際電話到台灣。

② What kind of call <u>are you going to make</u>?
你要打哪一種電話呢？

③ A <u>collect call</u>, please. 由對方付費的，謝謝。

④ May I have <u>your name and telephone number</u>?
請告訴我您的貴姓大名和對方的電話號碼好嗎？

Lesson 5 I'd Love to Come

聽老師唸
並跟著說。

(A) 讓我們一起來說

A： 你明天晚上有什麼計劃嗎？差不多六點鐘左右的時候？

B： 我還沒有計劃，有什麼事嗎？

A： 我爸媽想邀你過來一塊兒吃晚飯。

B： 謝謝……眞高興，我一定去。

A： 他們一直想見見你。

B： 他們能邀我，眞是太好了！

A： 你喜歡吃義大利菜嗎？

B： 好像很好吃喔！我要不要帶點什麼東西呢？

A： 帶著你的胃口來就好了。

B： 那麼，明天六點見！

(B) 讓我們一起來練習

（學習下列語句，並和同伴一起做練習。）

(1) 提出邀請

1. 我想請你到我家。

2. 我想請你吃晚飯。

3. 你能來吃晚飯嗎？

4. 我想請你過來吃個便飯。

5. 讓我請你吃晚飯吧！

6. 請當我的貴賓。

7. 你要不要和我們一塊去吃頓午飯呢？

8. 下禮拜天我們想請你吃晚飯。

9. 下禮拜找個時間，我們想請你吃晚飯。

10. 不知道您和尊夫人能不能來參加宴會。

11. 何不來參加在我家舉行的聚會呢？

LESSON 5

⑵ 接受邀請

12. 謝謝，我很樂意去。

13. 好的，榮幸之至。

14. 我很樂意接受你的邀約。

15. 謝謝你邀我，我一定去。

16. 好，我一定去！但是，地點到底在哪裏呢？

17. 當然，我一定去。

18. 謝謝你，我很高興能去。

19. 太棒了！我很高興能去。

20. 噢，我們很高興能去，謝謝你邀請我們。

● 練習 1

兩個人一組，輪流提出邀請和接受邀約，請利用下列各種狀況。

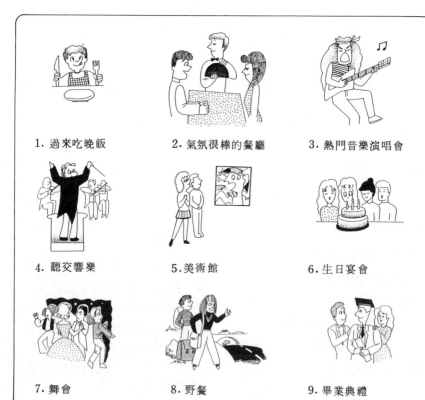

1. 過來吃晚飯

2. 氣氛很棒的餐廳

3. 熱門音樂演唱會

4. 聽交響樂

5. 美術館

6. 生日宴會

7. 舞會

8. 野餐

9. 畢業典禮

LESSON 5

(3) 謝絕邀約

21. 我真的很想去，但恐怕不行啊！

22. 真高興你邀請我，但是我沒辦法去！

23. 還是謝謝你。

24. 你能邀請我真好，但是，抱歉，我不能去。

25. 我很想去，但是恐怕這次不行。

26. 我真希望我能去，但是我今天有事。

27. 那一天我已經和別人有約了。

28. 我已經和別人約好了。

(4) 提議改時間

29. 能不能改天呢？

30. 禮拜五好不好？

31. 改天好嗎？

32. 我們改個時間吧！

33. 下次再請我去好了。

● 練習 2

兩個人一組，輪流謝絕對方的邀約，找個藉口或提議改時間都可以。請利用練習 1 的各種狀況。

(C) 讓我們一起來玩遊戲

（先學習下列句型，再和你的同伴交換資料。）

它 這道菜	有	加鹽巴嗎？ 很多肉嗎？ 很多脂肪嗎？

你們 他們	有	低卡路里的 素食的	菜餚嗎？

牛肉濃湯是用什麼做的？	你喜歡 比較喜歡	辣味的食物嗎？ 肉食嗎？ 奶製品嗎？
肉醬烤寬麵裏面有什麼？	你敢吃	

LESSON　5

＜學生Ａ＞

步驟 1　你要請你同伴出去吃晚餐，告訴他你最喜愛的餐館吧！

吉歐凡尼
義大利餐廳！

Giovanni's
Cafe'Italiano!

☆ 義大利麵 ………………………… 170 NT
　　　　　肉團
　　　　　肉醬
☆ 比薩脆餅　上層的餡料有：蘑菇、加拿大火腿、蝦夷蔥、青椒和特製
　　　　　　乳酪。………………………… 280 NT
☆ 義大利餛飩 (裏面包著肉或乳酪的小型水餃，外層還塗上蕃茄醬)… 120 NT
☆ 肉醬烤寬麵　(低筋麵粉做成的寬麵，和蕃茄醬一起混合)…· 180 NT
☆ 招牌肉餡卷　(將肉捲入軟皮中，外層塗上蕃茄醬)………… 150 NT

　　── 以上全附有大蒜麵包。

* lasagna〔ləˈzɑnjə〕 *n*. 扁形麵條

步驟 2　問問你的同伴，看你能在他最喜愛的餐館裏面點什麼食物，如果

① 你不喜歡辣味的食物
If you dislike spicy food, you could have a barbecue sandwich.
(如果你不吃辣，你可以點串烤三明治。)

② 你裝了假牙
If you have false teeth, then you shouldn't have any problem with
chili or enceladas.
(如果你裝了假牙，你可以毫無顧忌的點奇里湯或印齊拉第斯卷。)

＜學生Ｂ＞

步驟 1　你要請你同伴出去吃晚餐，告訴他你最喜愛的餐館吧！

塔可喬
德州與墨西哥燒烤料理

串烤三明治　牛肉／豬排／香腸 ……… 70 NT

☆ 奇里湯 （一種多香料的湯，有絞牛肉和紅番椒，有時候還有烘豆）…… 30 NT

☆ 塔可餅 牛肉／雞肉（玉米粉製成的半開脆殼，裏面有墨西哥辣醬拌
的絞肉、萵苣和乳酪）………………………………… 30 NT

☆ 佛喜特斯卷 牛肉／雞肉（油炸的蔬菜和小片的肉混合，用一層軟皮
包住）………………………………………………… 70 NT

☆ 印齊拉第斯卷 牛肉／雞肉／乳酪（肉或乳酪用軟皮包好後，浸入調
味醬中，再在外層洒上乳酪粉）……………… 60 NT

—— 以上全附墨西哥飯和炸豆糰。

* taco〔'tɑko〕 *n.*（*pl.* tacos）
fajitas〔fə'hitəs〕
encelandas〔ɛtʃə'lɑdəs〕
以上均爲西班牙語

步驟 2 問問你的同伴，看你能在他最喜歡的餐館裏面點什麼食物，如果

① 你吃素 If you are vegetarian, you could eat cheese ravioli or lasagna.
（如果你吃素，你可以點乳酪餡的義大利餛飩或肉醬烤寬麵。）

② 他只有 300 元 If he only has 300 NT dollars, he has two choices. One
is to order ravioli for himself, and persuade you order anything but
pizza. The other is to order a pizza to share with you.
（如果他只有 300 元，他可有 2 個選擇，一是他點義大利餛飩，再說服你不點
脆餅，或是點一份脆餅，兩個人分食。）

≪習題示範解答≫

(1) 對話

• A : Would you like to go out for dinner this evening?
今晚你想出去吃晚飯嗎？

B : Sure. I'd love to. 當然，我好想去。

• A : Could you come to our party this evening?
今晚你願意來參加我們的聚會嗎？

B : It's very kind of you to invite me, but I'm very sorry that I have
a previous engagement on this evening. Please ask me again some
other time.
你能邀請我眞好，但是很抱歉，我晚上已經先和別人約好，你下次再請我去好了。

• A : Why don't you come to a party at my place next Sunday night?
下禮拜天晚上，你要不要來參加在我家舉行的聚會呢？

B : That's great. I'd be pleased to. 太棒了，我很高興能去。

LESSON 5

· A : We are having a little party at my house next week.　I wonder if
you would be able to come with your wife .
下禮拜在我家有一個小小的宴會，不曉得您和尊夫人能不能來。

B : Oh, we'd very much like to.　Thank you for inviting us.
噢，我們很高興能去參加，謝謝你邀請我們。

⑵ 卡通

① Would you like to join us for lunch ?
妳要不要和我們一塊兒去吃午飯呢？

② I'd like to, but I have something to do today.
我很想去，但是我今天有事。

① We would like to invite you to dinner next Sunday.
下禮拜天我們想請你吃晚飯。

② Thanks, I'd love to come. 謝謝，太好了，我一定去。

Lesson 6

How Nice of You to Come

聽老師唸
並跟著說。

(A) 讓我們一起來說

A：午安，妳能來眞好。
B：希望我這個時候來，沒有打擾到妳。

A：呃，不，一點也沒有，請進。
B：很久沒看到妳了。

A：我一直想去拜訪妳，但是一直拖到現在。
B：嘿！妳家眞漂亮耶！

A：謝謝！請坐，不要拘束。
B：謝謝。

A：要不要喝杯咖啡？
B：請別忙了。

(B) 讓我們一起來練習

（學習下列語句，並和同伴一起做練習。）

(1) 迎接賓客

1．你能來，眞好。

2．眞高興你能來看我們。

3．你能來，我眞高興。

4．請進來吧！

5．請在這裏脫鞋子。

6．我來幫你拿外套好嗎？

7．大家都在等你。

8．請不要拘束。

(2) 咖啡還是茶？

9．你要喝點什麼嗎？

10．有可樂、柳橙汁和啤酒，你要喝哪一種？

11．你要吃些點心嗎？

LESSON 6

12. 你比較想喝茶，還是咖啡？

13. 請再給我一杯咖啡好嗎？

14. 你要喝什麼樣的咖啡？

15. 請給我加糖、不加奶精的咖啡。

16. 你要加幾湯匙的糖呢？

17. 我要喝純咖啡。

18. 你還要不要再來一杯咖啡？

20. 想吃什麼儘管拿！

21. 要不要再來一點肉？

22. 我能多要一些嗎？

23. 請多吃一點。

24. 請把鹽罐遞給我好嗎？

25. 這頓晚飯真是太棒了。

26. 你喜歡嗎？

27. 這非常好吃。

28. 我吃飽了，謝謝。

29. 這樣就夠了，謝謝。

(3) 自由取用

19. 請自行取用。

● **練習 1**

四個人一組，其中兩人分別是男主人和女主人，另外兩人是賓客。依照下列各種狀況來做練習。然後，做完練習 2 以後，準備一齣短劇，表演給全班同學看。

1. 大衛和珍突然去拜訪史密斯夫婦。

老夫婦拿飲料給他們喝，並和他們閒話家常。

2. 艾倫夫婦邀請琳達和菲利浦來吃晚飯；現在，門鈴響了。

艾倫夫婦為他們準備了不少豐盛的佳餚。

LESSON 6

⑷ **話別**

30．你能來，眞是榮幸之至。

31．和你相處眞愉快。

32．有空常來。

33．請慢走。

34．很高興您喜歡。

35．你能來，我眞高興。

36．不再多坐一會兒嗎？

37．有空常來。

● **練習 2**

　　四個人一組，做和練習 1 一樣的練習。

1. 時間差不多了，大衞和珍要走了，他們正在門口。

2. 菲利浦和琳達在艾倫夫婦家飽餐一頓後，就要離去。

⑶ **讓我們一起來玩遊戲**

　　（先學習下列句型，再和你的同伴交換資料。）

我們還	需要 要做些	什麼？

我們	需要 應該	買一些點心。 借一套音響。 寄邀請卡。

如果	你 我	去買菜，	我就去買些點心。 你可以煮嗎？

你去逛街的時候， 我去城裏的時候，	借一套音響回來好嗎？ 就把邀請卡寄出去。

LESSON 6

● 你和你的同伴計畫要在禮拜
六晚上六點半開個聚會；想
想看，還有什麼要準備的？
兩人平均分擔，各自進行。

```
準備事項：
・  買食物
・  寄邀請卡
・  借一套音響
・
・
・
・
```

<學生A>

● 先查查行事曆，再決定什麼時候去做這些準備工作。

```
星期五

上午   到城裏修車（9:00）  □
                         □
       ——————————————    □
                         □
下午   英文課（7:00-9:00） □
```

```
                   星期六
□上午
□
□
□      ——————————
□下午

       6:30 舞會！
```

<學生B>

```
星期五

上午                     □
                         □
       ——————            □
       打工              □
下午    （3:00 － 5:00）   □
```

```
                   星期六
□上午      去圖書館
□         （10:00）
□
□
□下午

       6:30   舞會！
```

LESSON 6

≪習題示範解答≫

（完成下列對話。）

(1) 對話

A : Hi Angela. I haven't see you <u>for ages</u>. 嗨，安琪拉，好久不見！
B : How nice <u>of you to come</u>！Please <u>come right in</u>.
　　妳能來，眞好！請進，請進。

A : Thank you. 謝謝。
B : Would you like <u>something to drink</u>？妳要喝什麼飲料呢？

A : Thanks. Could I <u>have a cup of coffee</u>, please？
　　謝謝，請給我一杯咖啡好嗎？
B : Of course. How <u>would you like</u> your coffee？
　　當然可以，妳要喝什麼樣的咖啡呢？

A : <u>With sugar and cream</u>, please. 請給我加糖和奶精的咖啡。

(2) 卡通

① It's been great seeing you again, but I <u>must be going</u>.
　　眞高興能再見到你，但是我得走了。

② <u>Can't you stay a little longer</u>？不再多坐一會兒嗎？

③ I'm afraid not. I've enjoyed <u>talking to you</u>.
　　恐怕不行。和你聊天眞愉快！

④ Please <u>come again</u>. 有空常來玩喔。

Lesson 7 Please Turn Right at the Next Corner

聽老師唸
並跟著說。

(A) 讓我們一起來說

A：你願意載我嗎？
B：當然。先生，要到哪裏呢？

A：到米爾頓飯店。
B：請上車吧。

A：請在下一個轉角處右轉，我就在那兒下車。
B：到了。

A：多少錢？
B：十三元二十分。

A：給你，零錢不用找了。
B：謝謝。

(B) 讓我們一起來練習

（學習下列語句，並和同伴一起做練習。）

(1) 公車

1. 到中央公園要在哪裏搭車呢？
2. 這班公車有到購物街嗎？
3. 到購物街是搭這班公車嗎？
4. 這班公車要開往何處呢？
5. 這班公車有到台灣銀行嗎？
6. 到新公園有幾站？
7. 到波士頓要在哪裏換車？

8. 到海德公園要在哪一站下車？
9. 這個座位有人坐嗎？
10. 請讓我在金恩斯橋下車。
11. 到站了嗎？
12. 我坐過站了。

(2) 地下鐵

13. 請問，車票要在哪裏買？

LESSON 7

14. 請給我一張到愛明頓的單程車票。

15. 到愛明頓是搭這班火車嗎？

16. 到東區要搭哪一班火車呢？

17. 到布魯克林的快車在第幾軌道開出呢？

18. 這班火車要開往何處呢？

19. 我搭錯火車了。

● **練習 1**

兩個人一組，A問下列的問題，B就按照路線圖來回答，然後再互換角色。

1. 查一查如何搭公車到 ① 動物園 ② 萬聖教堂 ③ 中央車站。

2. 確定一下是否 ①十七路公車可到達市立動物園 ②十二路可到市政廳 ③ 十八路可到皇家戲院。

3. 數數看有幾站？ ①搭十二路從市立動物園到博物館 ②搭十八路從中央車站到格林公園 ③ 搭十七路從A站到格林公園。

4. 你搭錯地下鐵，到了市政廳；問問你的同伴，要如何換車到格林公園？

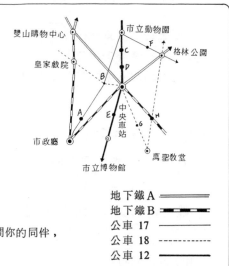

地下鐵 A ═══════

地下鐵 B ▬▬▬▬

公車 17 ─────

公車 18 ----------

公車 12 ─────

(3) **計程車**

20. 計程車招呼站在哪裏？

21. 你知道哪裏可以叫到計程車嗎？

22. 你能告訴我計程車招呼站在哪裏嗎？

23. 你能載我們到喬治街上的希爾頓飯店嗎？

24. 請載我到這個地址。

25. 請你把這兩個袋子放進車後的行李箱好嗎？

26. 到機場要多少錢？

27. 要多少錢呢？

LESSON 7

28. 到那裏要花多少時間呢？

29. 請在下一個十字路口右轉。

30. 請在那棟白色建築物前面停一下好嗎？

31. 請在這裏停車。

32. 請讓我在那裏下車。

33. 零錢不用找了。

● 練習 2

兩個人一組，其中一人當計程車司機，另一人是乘客。在出發前，請先談妥以下各項問題：①車費②距離③時間。

> 1. 倫敦街的布爾頓飯店
> 2. 機場（還帶了兩個袋子）
> 3. 先找到計程車招呼站，再叫車到市立博物館

(C) 讓我們一起來玩遊戲　　　　　　　　　　● 全班一起玩

（先學習下列句型，再和你的同伴交換資料。）

在楓葉大街和第三街的交會處，	有狀況發生了。
市立體育館附近，	有車禍發生了。 發生火災了。 交通阻塞得很厲害。

我看見	二十輛車的連環大車禍， 四個鋸木架，	在第十九街上。 在十字路口上。

警察當局 氣象局 市政府	勸告 警告 命令	駕駛人	不要開車。 開慢一點。

LESSON 7

走 向北走	撒克森道， 第九百號彎道，	以	避開車禍。
			避開交通阻塞。

道路 十字路口	是	通暢的。
		水洩不通的。

● 你是一個廣播電台的 交通記者，你可以從

探訪直昇機上，看到許多駕駛人應該避開的肇事地點。請利用下列附圖 為引導，來警告你的聽眾。務必要提醒大家，哪一些路可能會較暢通。

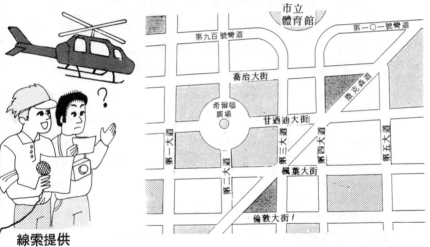

線索提供

1. 為何第一〇一號彎道會有交通阻塞的情 況發生呢？

2. 希爾頓廣場（在甘迺迪大街和第二大道 的交會處）附近發生了什麼事？

3. 第四大道和楓葉大街的交會處發生了什麼 事？

寫下你的報告，再 向你的聽眾廣播。

≪示範解答≫

All you drivers out there should steer clear of Loop 101, because this afternoon's football game has traffic bumper-to-bumper. If you're on your way to City Stadium, try to come in from Loop 900 — it's much less crowded.

We have a major fire at the Hilton Hotel. The police have blocked off Hilton Plaza, causing traffic jams on 2 nd Ave. and Maple St. So try to avoid that area as well. First Avenue and Kennedy St. look okay.

Finally, there's been a serious accident at the intersection of 5 th Ave. and London St. involving as many as eight vehicles. For our listeners who are headed in that direction, you can detour around it by taking Saxon Lane.

駕駛人應遠離101號彎道,因爲今天下午的足球賽正大爆滿。如果你正要前往市立體育館;可試試900號彎道,那兒比較不塞車。

希爾頓飯店有場大火,警方已封鎖了希爾頓廣場,因而造成了第二大道和楓葉大街的交通阻塞。所以儘量避開此區。第一大道和甘迺迪大街看起來還好。

最後在第五大道和倫敦大街的十字路口發生了連環車禍。往那個方向前進的聽衆,可以繞道改走撒克森道。

LESSON 7

≪習題示範解答≫

（完成下列對話。）

⑴ 對話

- A : How much will it cost to go to 5th Avenue ?
  到第五大道要多少錢？

  B : Around four or five bucks. 大概四元或五元吧。

- A : Where to, ma'am? 小姐，要到哪裏？

  B : The city museum. 到市立博物館。

- A : Take me to the Hyde Park, please. 請載我到海德公園。

  B : Sure. I'll put your luggage here in the back.
  好的，我幫你把行李放在後面。

- A : Where can I take a bus to the Fisher Theater ?
  到漁人戲院要在哪裡搭公車呢？

  B : Take bus No.1 over there. 到那邊搭一路。

- A : Is this the right bus for the Fisher Theater ?
  到漁人戲院是搭這班公車嗎？

  B : Yes, please get on. 是的，請上車。

⑵ 卡通

① Two tickets for Kansas City, please. 請給我兩張到堪薩斯城的車票。

② Round-trip or one-way? 要來回票還是單程票？

③ Round-trip, please. 來回票，謝謝。

① How long will it take to get to Green Park ?
到格林公園要多久呢？

② Thirty minutes or so, I guess. 我想大概三十分鐘左右吧。

Lesson 8 How Can I Get to the Station?

聽老師唸
並跟著說。

(A) 讓我們一起來說

A：對不起，請問到火車站怎麼走？
B：看到前面那個十字路口了沒？

A：有，看到了。
B：在那邊拐個彎，然後找一家統一商店。

A：在統一商店要轉個彎嗎？
B：不用，一直往前走就對了。車站就在妳的右手邊。

A：我在路上就可以看到車站嗎？
B：當然可以，妳不可能找不到的。

A：謝謝妳的幫忙！
B：哪裡，別客氣。

(B) 讓我們一起來練習

（學習下列語句，並和同伴一起做練習。）

(1) 詢問方向

1. 對不起，請問到火車站怎麼走？
2. 對不起，請告訴我怎麼到市中心好嗎？
3. 請告訴我到台北車站怎麼走好嗎？
4. 請告訴我如何到東京車站。
5. 請問哪一條路可以通到郵局？

6. 到市政廳走這條路對嗎？
7. 請告訴我皇家戲院在哪裏好嗎

(2) 直走

8. 沿著這條街直走。
9. 順著這條街一直走下去。
10. 一直往前走。
11. 一直走，走到一個公園。
12. 走到街的盡頭。

LESSON 8

(3) 轉彎以及過街

13. 在第二個街角右轉。
14. 右轉，再走一會兒。
15. 經過體育館後，在第二條街左轉。
16. 過橋以後，你就會看到它在左邊。
17. 在那邊過街。

● 練習 1

兩個人一組，輪流扮演詢問及告知方向。請利用下列的圖片。

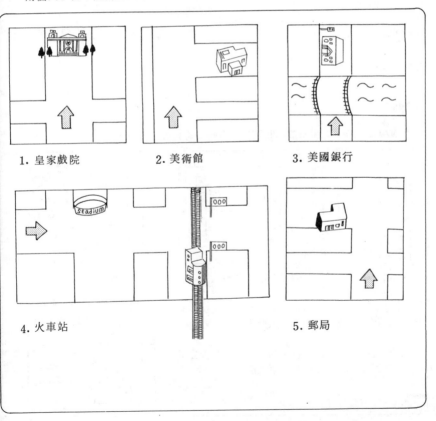

1. 皇家戲院　　2. 美術館　　3. 美國銀行

4. 火車站　　5. 郵局

LESSON 8

⑷ 告知地點

18. 它就在你的左手邊。

19. 它就在你的右手邊。

20. 你就會看到它在你的右手邊。

21. 它就在轉角的地方。

22. 它就在銀行隔壁。

23. 它就在超級市場的對面。

24. 它就是你左手邊的第二幢建築物。

⑸ 往回走

25. 你走過頭了。

26. 往回走到橋邊。

27. 你得要再往回走幾條街。

⑹ 其他的回答

28. 離這裏蠻遠的,你最好搭公車去。

29. 對不起,這附近我不太熟。

30. 請問問看別人吧。

31. 你最好去問問那邊的警察先生。

32. 我正好也要去那兒,我帶你去好了。

● **練習 2**

　　兩個人一組,輪流扮演詢問及告知方向。請利用下列的圖片。

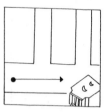

1. 超級市場

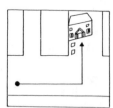

2. 市政廳

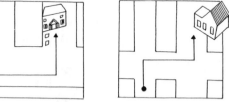

3. 格林飯店

4. 你正在 B 處,有一個外國人問你如何到一家餐館(A 處)。告訴他怎麼走,如右圖。

5. 你是一位觀光客,有人問你史都華百貨公司在哪裏。試對此情況加以反應。

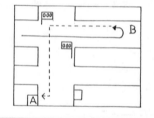

LESSON 8

(C) 讓我們一起來玩遊戲

（先學習下列句型，再和你的同伴交換資料。）

		皇家戲院在哪裏？	
對不起，	請你告訴我	到希爾頓飯店 到萬聖教堂	怎麼走？
	我如何能		？

沿著 順著	這條街直走	兩個街區。 ，你就會到達那幢建築物了。 ，走到第二個十字路口。

向右 向左	轉，	在第二個街角。 你就會看到它在你的左手邊。 再走一會兒。

它就	在右邊。 在銀行的隔壁。 在飯店的對面。	它就	在對街。 是第二幢建築物。 在轉角處。

＜學生Ａ＞

● 你剛下火車，來到了一個陌生的城市。問問你的同伴，如何才能到下列這些地方：① 國家銀行 ② 麥當勞 ③ 皇家戲院 ④ 停車場 ⑤ 郵局。
（把名稱寫在這些建築物上面。）

＜學生Ｂ＞

● 你剛下火車，來到了一個陌生的城市。問問你的同伴，如何才能到下列這些地點：① 藥房 ② 百貨公司 ③ 高級中學 ④ 希爾頓飯店 ⑤ 餐廳。
（把名稱寫在這些建築物上面。）

LESSON　8

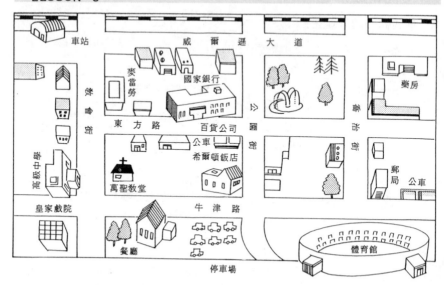

≪習題示範解答≫

　　（完成下列對話。）

(1) 對話

　A：Excuse me, but could you tell me <u>how to</u> get to the Metropolitan
　　　Museum of Art?
　　　對不起，請你告訴我如何到大都會美術館好嗎？

　B：Yes, of course. Go straight down <u>this street</u> and turn <u>to the</u> right
　　　<u>at</u> the second traffic light. It's on the left. You can't <u>miss it</u>.
　　　好的，當然。順著這條街直走，然後在第二個紅綠燈右轉，就在左邊，你不會
　　　看不到的。

　A：Thank you very much. 真謝謝你。

　　　　　　＊　　　　　＊　　　　　＊　　　　　＊

　A：Is this <u>the right way</u> to the City Hall? 到市政廳走這條路對嗎？
　B：Yes, it is. 對，沒錯。

LESSON 8

A : Is it within walking distance ? 走路就可以到了嗎？

B : No, it's kind of far from here, so you'd better take a bus.
不，離這兒蠻遠的，你最好是搭公車去。

⑵ 卡通

① Excuse me, which way is the post office, please?
對不起，請問哪一條路可到郵局？

② Sorry, I'm not really sure. You'd better ask the policeman over there.
抱歉，我也不知道。你最好去問問那邊的警察先生。

① Could you tell me the way to the Hilton Hotel ?
你可以告訴我到希爾頓飯店該怎麼走嗎？

② Sure. Go straight ahead and turn right at the second corner. It's just next to the Bank.
當然可以。你一直走下去，在第二個轉角處右轉。它就在銀行隔壁。

Lesson 9　What Time Is It?

聽老師唸
並跟著說。

(A) 讓我們一起來說

A：對不起，請問現在幾點？
B：過十五分了。

A：嗯，是兩點十五分嗎？
B：不，是三點十五分。

A：我的錶一定慢了，差了一個小時呢。
B：嗯，我今天早上才對過收音機的。

A：我們是位在哪個時區呢？
B：太平洋時區。

A：嗯，我想也是，真搞不懂。
B：也許，你該換個新錶了！

(B) 讓我們一起來練習

（學習下列語句，並和同伴一起做練習。）

(1) 詢問時間

1．現在幾點？
2．現在幾點？
3．你知道現在幾點鐘嗎？
4．你知道現在幾點鐘嗎？
5．你的錶現在幾點呢？
6．請問現在幾點？
7．你知道現在的正確時間？

(2) 告知時間

8．三點鐘左右。
9．現在是下午三點。
10．三點十分。
11．三點十分。
12．三點十五分。

13. 三點十五分。

14. 三點半。

15. 三點半。

16. 三點四十五分。

17. 再一刻鐘就四點了。

18. 正確時間是三點二十分十秒。

● **練習 1**

兩個人一組，利用以下的圖表問你的同伴各個地點的時間：① 紐約 ② 夏威夷
③ 開羅 ④ 布達佩斯 ⑤ 馬德里 ⑥ 布宜諾斯艾利斯 ⑦ 倫敦

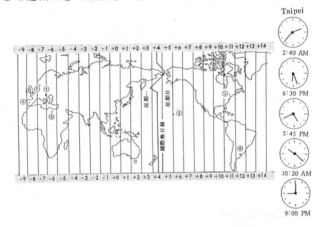

(3) **日期**

19. 今天是幾月幾日？

20. 今天是幾月幾日？

21. 現在是西元幾年？

22. 今天幾號？

23. 今天是星期幾？

24. 今天是四月五日。

25. 今天是五月二十八日。

26. 今年是一九八九年。

27. 今天是星期二。

(4) **頻率和間隔時間**

28. 你一年去那裏幾次？

29. 你多久去那裏一次？

30. 我經常去那裏。

31. 我每隔一天就去那裏一次。

32. 我每隔二天就去那裏一次。

33. 我幾乎每個禮拜都會去那裏。

34. 我一年去那裏一次。

35. 我很少去那裏。

36. 我從來沒去過那裏。

LESSON 9

● **練習2**

兩個人一組，再想出三個衆所周知的日子，然後問你的同伴。

1. 第二次世界大戰何時
　 結束的？

2. 香港大限爲何時？

3. 你的生日是什麼時候？

?　　　　　　?　　　　　　?

4. _____　　5. _____　　6. _____

ⓒ 讓我們一起來玩遊戲

（先學習下列句型，再和你的同伴交換資料。）

你多久	吃一次麥當勞？
你曾經	擦過自己的鞋嗎？

我	一直都 時常 有時候	吃麥當勞。
	幾乎沒有 從來沒有	擦我的鞋。

我	一個禮拜一次 一個月二次 每個禮拜二晚上	在麥當勞吃。 擦我的鞋。

LESSON 9

● 兩個人一組，利用上面的句型，完成下列的表格：

你多久一次……

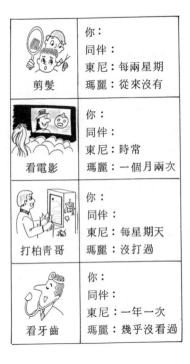

| | 你：
同伴：
東尼：每兩星期
瑪麗：從來沒有 |
| 剪髮 | |

| | 你：
同伴：
東尼：時常
瑪麗：一個月兩次 |
| 看電影 | |

| | 你：
同伴：
東尼：每星期天
瑪麗：沒打過 |
| 打柏青哥 | |

| | 你：
同伴：
東尼：一年一次
瑪麗：幾乎沒看過 |
| 看牙齒 | |

| | 你：
同伴：
東尼：每天
瑪麗：時常 |
| 看報紙 | |

| | 你：
同伴：
東尼：幾乎沒有
瑪麗：常常 |
| 逛街 | |

| | 你：
同伴：
東尼：常常
瑪麗：有時候 |
| 看電視 | |

| | 你：
同伴：
東尼：從來沒有
瑪麗：每個禮拜二晚上 |
| 自己開伙 | |

≪習題示範解答≫

（填好下列空格。）

1. A： Do you have the time？ 你知道現在幾點嗎？

　 B： It's a quarter past four. 四點十五分。

　　 It's a quarter to four. 差十五分就四點。

　　 It's twelve o'clock. 十二點整。

　　 It's half past three. 三點半。

LESSON 9

2. A：How often do you wash your hair？你多久洗一次頭呢？
  B：I wash it <u>every day</u>. 我每天洗。
    I wash it <u>every other day</u>. 我每隔一天洗一次。
    I wash it <u>every three days</u>. 我每隔二天洗一次。
    I wash it <u>once a week</u>. 我一個禮拜洗一次。

3. A：How often do you eat at home？你多久在家吃一次飯呢？
  B：<u>Always</u>. 我一直都在家吃。
    <u>Usually</u>. 我經常在家吃。
    <u>Often</u>. 我時常在家吃。
    <u>Never</u>. 我從沒在家吃過飯。

（100%）（50%）（90%）（0%）

4. 卡通

  ① Excuse me. <u>Could you tell me the time</u>？對不起，請問現在幾點？
  ② It's just nine o'clock. 九點整。

  ① Isn't your watch a little <u>fast</u>？你的錶是不是快了一點呢？
  ② I don't think so, because <u>I set my watch to the radio at noon</u>.
    不會吧，我中午才對過收音機的。

Lesson 10 It's a Beautiful Day

聽老師唸
並跟著說。

(A) 讓我們一起來說

A：今天天氣真好，不是嗎？
B：是啊，今年春天來得早。

A：好像將有一個炎熱的夏季了。
B：希望不要。

A：你們國家也會這麼熱嗎？
B：是啊，但濕氣沒那麼重。

A：聽說今天下午可能會下雨。
B：真的？我忘了看氣象報告了。

A：但是不管怎麼說，經常有播報錯誤的情況發生。
B：這種氣候是很難預測得準的。

(B) 讓我們一起來練習

（學習下列語句，並和同伴一起做練習。）

(1) 談天氣

1. 今天天氣如何？
2. 天氣很好。
3. 下雨了。
4. 風很大。
5. 天氣變陰了。
6. 好熱呀！
7. 冷得快下雪了。
8. 昨天巴黎的天氣如何？
9. 攝氏十九度，陰天且多風。

● 練習 1

兩個人一組，參考下列圖表來做問答練習。

LESSON 10

今天的天氣		
1. 倫敦	18°C	陰天
2. 巴黎	20°C	晴、暖和
3. 開羅	32°C	晴、炎熱
4. 達拉斯	22°C	雨天
5. 東京	12°C	陰、涼爽

昨天的天氣		
1. 台北	18°C	多風
2. 花蓮	21°C	暴風、多雨
3. 高雄	33°C	悶熱
4. 台南	20°C	微風
5. 台中	16°C	涼爽、有霧

(2) 春天

10. 今天天氣真好啊！
11. 這不是很棒的天氣嗎？
12. 今天天氣真好，不是嗎？
13. 天氣真好，不是嗎？
14. 是啊，這是最好的天氣。
15. 是啊，的確是，春天真是太美妙了！
16. 天氣漸漸暖和了。
17. 現在真的很暖和呢。
18. 春天來了真好。
19. 希望這種天氣能持久一點。
20. 霧很濃，不是嗎？

(3) 夏天

21. 好像要下雨了，不是嗎？
22. 又下雨了。
23. 雨季已經來了嗎？
24. 聽說明天有一個颱風。

25. 最近下了不少雨。
26. 雨季來臨了。
27. 又熱又濕，不是嗎？
28. 今天天氣很暖和，不是嗎？
29. 今天好熱啊！
30. 今天幾乎都沒有風。
31. 濕氣很重，所以酷熱難當啊。
32. 我全身都濕透了！

(4) 秋天和冬天

33. 今天早上好冷，不是嗎？
34. 這個時候算很冷了，不是嗎？
35. 今天晚上好冷，不是嗎？
36. 快下雪了，不是嗎？
37. 這種天氣真令人厭惡，不是嗎？
38. 昨晚的那場暴風雨真是恐怖！
39. 天氣變冷了，不是嗎？
40. 寒氣逼人，風也像刀割一般。
41. 降霜了。

LESSON 10

●練習 2

兩個人一組，以談今天天氣來發展一段對話。請利用下列各種狀況。

(C) 讓我們一起來玩遊戲

（先學習下列句型，再和你的同伴交換資料。）

明天貝克城的	溫度是多少呢？	現在氣溫是華氏七十九度。
	天氣如何呢？	明天的氣溫將達華氏七十二度。

LESSON 10

		伯恩斯沙樂	的天氣如何呢？
氣象報告 說明天			
播報員說	伯恩斯沙樂		的天氣如何？

氣象	報告預報	說	天氣會多霧而且陰天。
			明天會下雨。 下午會放晴。
據		說	明天會下毛毛雨。

● 完成下列圖表。

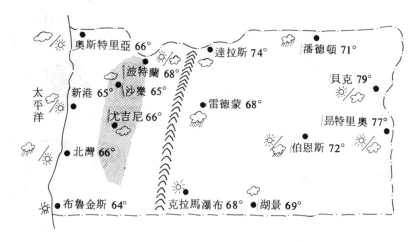

奧斯特里亞 66°　　達拉斯 74°　　潘德頓 71°

波特蘭 68°

太平洋　　新港 65°　沙樂 65°　　貝克 79°

尤吉尼 66°　　雷德蒙 68°

昂特里奧 77°

北灣 66°　　　　　　　伯恩斯 72°

布魯金斯 64°　　克拉馬瀑布 68° ● 湖景 69°

線索

〔雨天圖〕 ＝ 雨天　　〔陰天圖〕 ＝ 陰天　　〔陰轉晴圖〕 ＝ 陰，轉晴　　〔晴轉陰圖〕 ＝ 晴，轉陰

〔暖流圖〕 ＝ 暖流

＊ 明天天氣

LESSON 10

● 根據上面的資料，寫一段關於北灣的天氣預報，然後再和你的同伴比較看看。

≪示範解答≫

For tomorrow morning we can expect a cool 65-66 degrees; that could change by mid-afternoon as this warm front moves in from the east. Skies should be partly cloudy, with scattered showers along the coast, but this ought to clear up by the afternoon as well. That's it for the weather.

明天早上的天氣涼爽，氣溫將維持在六十五到六十六度之間。過了正午後，天氣將會轉暖和，因為東邊有一道暖流進入此區。天空多雲，並不時飄雨，但在下午之前，都會轉為晴朗的天氣。

≪習題示範解答≫

（完成下列對話。）

(1) 對話

A : It's very <u>hot and humid</u>, isn't it? 天氣又熱又濕，不是嗎？
B : Yes, it certainly is. 是啊，的確是。

A : It's a lovely day today, <u>isn't it</u>? 今天天氣真好，不是嗎？
B : Yes. It couldn't <u>be better</u>. 是啊，這是最好的天氣了。

A : <u>What does</u> the weatherman <u>say</u>? 氣象播報員怎麼說？
B : He says it'll <u>clear up</u> by this evening. 他說今天傍晚以前會放晴。

A : <u>What's the temperature today</u>? 今天氣溫是多少度呢？
B : The current temperature today is 26° centigrade.
現在氣溫是攝氏二十六度。

LESSON 10

A： It's very <u>warm</u> today, isn't it？今天天氣眞暖和，不是嗎？

B： Terribly hot！ It's very <u>damp</u> so the heat is <u>unbearable</u>.
熱死了！濕氣太重了，實在酷熱難當。

⑵ 卡通

① Isn't it a <u>lovely day</u>？這不是很棒的天氣嗎？

② Yes，<u>indeed</u>！ It's nice to have <u>some spring weather</u>.
是啊，的確是！春天來了眞好。

① <u>What's the weather forecast for tomorrow</u>？ 明天天氣如何呢？

② The weather report says <u>we're going to have a typhoon</u>.
氣象報告說有一個颱風要來了。

Lesson 11 I'm Going to Europe

聽老師唸
並跟著說。

(A) 讓我們一起來說

A：你的假期有多久？
B：今年只放兩個禮拜，但明年有三個禮拜。

A：我們服務滿五年後，一年就會有四個禮拜的長假。
B：那麼，史蒂夫，你打算要去哪兒度假呢？

A：我要去歐洲，你呢？
B：我要去弗羅里達州看幾個老朋友。

A：什麼時候回來呢？
B：大概一個多禮拜後吧。

A：那麼，祝你假期愉快。
B：你也是，史蒂夫。

(B) 讓我們一起來練習

（學習下列語句，並和同伴一起做練習。）

(1) 在飛機上

1. 請帶我到我的座位好嗎？
2. 我可以換座位嗎？
3. 請問有沒有什麼書可看呢？
4. 有沒有中文週刊呢？
5. 有沒有中文報紙呢？
6. 請教我如何繫好安全帶。
7. 這個按鈕是做什麼用的？
8. 燈怎麼開呢？
9. 請給我一張毛毯和一個枕頭。
10. 我覺得不太舒服，請給我一些藥。
11. 我可以要一個嘔吐袋嗎？
12. 我可以要點水喝嗎？
13. 電影的頻道是哪一個？
14. 今天我們要看哪一部電影呢？
15. 請問我可以要一付耳機嗎？

LESSON 11

● **練習1**

全班同學一起來扮演 。

◆ 你們全部都在飛機上 ，老師扮演一位空服員 。每位乘客都要這位和藹的空服
員幫忙 。我們起飛囉 ！

● 資料

白蘭地   紅酒   白酒   咖啡   茶

牛奶   續杯   威士忌加冰塊   啤酒   煙

火柴   柳橙汁   蕃茄汁   可樂   水   報紙

熱（冷）毛巾   一付牌   耳機   雜誌

(2) **海關關口**   暈機袋

16. 我可以看一下你的護照嗎 ？

17. 這是我的護照 。

18. 你打算在美國停留多久呢 ？

19. 我要在這兒停留兩個禮拜 。

20. 你來訪的目的為何 ？

21. 觀光 。

22. 出差 。

23. 我參加旅行團 。

24. 來拜訪朋友 。

25. 來探親 。

26. 來參加暑期進修 。

27. 你有沒有要申報的東西呢 ？

28. 我沒有要申報的東西 。

29. 我只有私人物品而已 。

30. 這些是要送給我朋友的禮物 。

31. 這些都是我自己要用的 。

☛ **練習2**

全班同學一起扮演 。

LESSON 11

❖ 你們全都下了飛機，在海關關口。老師扮演一位海關官員。填妥下列卡片後，帶著行李和護照排隊等候吧。

● 下列各項物品，你必須要帶一種。

```
角　色　卡

姓名：＿＿＿＿＿＿＿＿＿＿＿＿
出生年月日：＿＿＿＿＿＿＿＿＿
國籍：＿＿＿＿＿＿＿＿＿＿＿＿
職業：＿＿＿＿＿＿＿＿＿＿＿＿
停留時間：＿＿＿＿＿＿＿＿＿＿
停留目的：＿＿＿＿＿＿＿＿＿＿
攜帶物品：＿＿＿＿＿＿＿＿＿＿
目的地：＿＿＿＿＿＿＿＿＿＿＿
```

(3) 在旅館

32. 我要辦理住宿手續。

33. 我已經預約好今明兩晚要住這裏。

34. 今晚還有沒有空房間呢？

35. 請給我一間房間好嗎？

36. 有沒有視野較好的房間呢？

37. 請給我一間附浴室的單人房。

38. 您要什麼樣的房間呢？

39. 一間兩張單人床的房間要多少錢呢？

40. 住一個晚上要多少錢呢？

41. 住宿費要多少呢？

● 練習 3

全班同學一起扮演。

❖ 現在，你們全都通過海關了，正在前往飯店的路上。到了旅館的登記住宿櫃台，你們的老師則扮演一位櫃台職員。你們把下列的表格填好，就可以開始辦理住宿登記了。

＜角色卡＞

・姓名：＿＿＿＿＿＿＿＿＿＿

・是否預約：＿＿＿＿＿＿＿

・人數：＿＿＿＿＿＿＿＿

・房間要求：＿＿＿＿＿＿

・停留時間：＿＿＿＿＿＿

● 資料

雙人床　　　　　　　單人床

兩張單人床

(C) 讓我們一起來玩遊戲

（ 先學習下列句型，再和你的同伴交換資料 。）

他們在黃石國家公園做什麼？		他們	去溜冰。 去賭場 去餵食那些熊。	
他們怎麼到那兒的？				
假期！		他們	坐公車 坐飛機 開車	去那兒的。
			租了輛車去的。	

● 找出史密斯這家人渡假的地方。你知道一些他們去過的地方和他們做過的事，而你的同伴則知道其餘的資料。這裡有些線索，都按照先後順序排列。

1 舊金山 加州	2 拉斯維加斯 內華達州	3 伏來格史塔福市 亞歷桑那州	4 阿布圭基 新墨西哥州
5 South fork Ranch 達拉斯 德州	6 波爾德 科羅拉多州	7 羅西摩爾山 懷俄明州	8 黃石國家公園

LESSON 11

≪習題示範解答≫

（完成下列對話。）

(1) 對話

① A： Good morning, sir. 早安，先生。

　 B： Hello. Can you <u>show me where my seat is</u>？
　　　 嗨。妳可以告訴我，我的位子在哪兒嗎？

　 A： <u>Certainly</u> 24B.　Your seat is this way.　It's an <u>aisle seat</u> on
　　　 the right. 當然，24B。你的位子在這邊，右邊靠走道的那個位子。

　 B： Thank you. 謝謝。

LESSON 11

② A： Your passport, please. 妳的護照請拿給我看。
  B： Yes. <u>Here you are.</u> 好的，就在這兒。

  A： <u>What's the purpose</u> of your trip？妳爲什麼來這兒？
  B： I'm here <u>for sightseeing.</u> 來觀光。

  A： How long <u>are you going to stay here</u>？妳打算停留多久？
  B： <u>I'll be staying here for a month.</u> 我會在這兒停留一個月。

③ A： Good afternoon. Can I help you？午安，能爲您效勞嗎？
  B： Do you <u>have a room available for tonight</u>？
     今晚還有沒有空房間呢？

  A： Yes, sir, we do. <u>Would you like</u> a single room or double
     room？還有房間。先生，你要單人房還是雙人房？
  B： A single room, please. <u>What are the room rates</u>？
     請給我間單人房，住宿費多少？

  A： Single rooms are eight-five dollars a night.
     單人房每晚是八塊五毛錢。

Lesson 12 Let Me Show You Around

聽老師唸
並跟著說。

(A) 讓我們一起來說

A：哈囉，你是來看這間公寓的，對不對？

B：對。我們上禮拜在電話裏談過，記得嗎？

A：快進來，我帶你四處看看。

B：看起來挺小的。

A：這兒有兩間臥房、一個起居室，還有一間浴室。

B：衣櫥的位子你怎麼放呢？

A：喔，每個臥室都有一個大衣櫥。

B：房租怎麼算？

A：一個月四百塊，再加上水、電、瓦斯費。

B：很合理嘛。

(B) 讓我們一起來練習

（學習下列語句，並和同伴一起做練習。）

(1) 詢問

1. 我想租一間公寓。

2. 我想看看你今天在報上登廣告的那棟公寓。

3. 我想問一下你們登廣告的那棟公寓。

4. 好的。你想知道些什麼？

5. 那間公寓在哪兒？

6. 我想過去看看。

7. 我現在可以看那個房間嗎？

8. 我想跟你約個時間去看看那地方。

(2) 四處看看

9. 那房間有多大？

10. 靠近學校嗎？

LESSON 12

11. 附近有購物中心嗎？

12. 裏面都附有傢俱嗎？

13. 這屋子有幾間臥室？

14. 這間公寓有2個臥室，還有一個餐廳兼廚房。

15. 臥室在這裏,中間有一間浴室。

16. 客廳面向南方,冬天很暖和喔。

17. 這幢 房子位在公車站附近。

18. 這間公寓的視野好不好呢？

19. 這房間裏的傢俱十分齊全。

20. 爐子和冰箱也包括在內。

21. 房子有空調設備嗎？

22. 房子有暖氣設備嗎？

23. 地下室有什麼用途呢？

● **練習1**

　　兩個人一組，其中一人扮演房東，另一人扮演房客。輪流以電話邀約對方去看下列的公寓。務必在掛斷前 得知正確的住址，也可以問一些其他你想知道的消息。

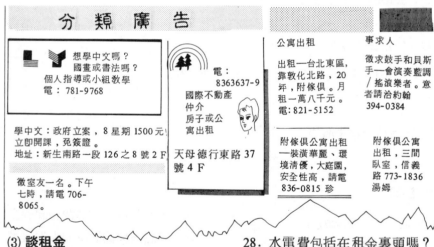

分 類 廣 告

想學中文嗎？
國畫或書法嗎？
個人指導或小組教學
電：781-9768

學中文：政府立案，8 星期 1500 元!立即開課，免簽證。
地址：新生南路一段 126 之 8 號 2 F

徵室友一名。下午
七時，請電706-
8065。

電：
8363637-9
國際不動產
仲介
房子或公
寓出租
天母 德行東路 37
號 4 F

公寓出租

出租一台北東區，靠敦化北路，20坪，附傢俱。月租一萬八千元。電:821-5152

附傢俱公寓出租
一裝潢華麗、環境清優，大庭園，安全性高，請電836-0815 珍

事求人

徵求鼓手和貝斯手─會演奏藍調／搖滾樂者。意者請洽約翰394-0384

附傢俱公寓出租，三間臥室，信義路 773-1836
湯姆

(3) **談租金**

24. 一個月的租金多少？

25. 租金要多少錢呢？

26. 一個月四百元，再加水電費。

27. 租金是美金四百元一個月。

28. 水電費包括在租金裏頭嗎？

29. 押金要多少錢呢？

(4) **仔細考慮**

30. 這房子對我們來說似乎小了點兒。

LESSON 12

31. 我需要一些時間考慮考慮。

32. 眞抱歉，但這不是我們想找的房子。

33. 我們決定租了。

34. 我決定租了。

35. 眞謝謝你帶我們四處參觀。

● **練習 2**

　　兩個人一組，先看一遍以下的演員卡，然後輪流扮演各種角色。

房東　　　　　　　　　　　　　　**房客**

1. 月租金四百美元，再加上水電費 決定租了，而且想儘快搬進去

2. 兩間臥室，一間浴室，無空調設備 太小了，決定再考慮看看

3. 月租金七百美元，可再商榷 超過預算，想使租金便宜一點

4. 剛粉刷過，不准養寵物 養一隻狗，不太滿意這房子，也不打算租

C) **讓我們一起來玩遊戲**

　　（學習下列句型，再和你的同伴交換資料。）

這房子 這公寓	有	幾個	臥室 浴室 ？ 電話		這附近	有	雜貨店 購物中心 公車	嗎？

離	公車站 雜貨店	只有	一個街區的距離。 幾分鐘路程。		附有傢俱嗎？ 舖有地毯嗎？

LESSON 12

這房子 這公寓 這房間	有	好視野嗎？ 空調設備嗎？ 中央暖氣系統嗎？		左鄰右舍 臥室 廚房	如何呢？

＜學生A＞

1. 你想租一間公寓，在報上看到這則廣告，你打電話去詢問。

   吉屋出租：
   剛粉刷好，靠近天母，視野遼闊安全性高，月租 15000 元，水電費另計，請洽 9047872 王小姐。

   詢問事項
   房間：＿＿＿＿＿＿＿
   傢俱：＿＿＿＿＿＿＿
   環境：＿＿＿＿＿＿＿
   其他：＿＿＿＿＿＿＿

2. 你有一間公寓要出租，你的同伴打電話來詢問。

   ★ 詳細資料之提供
   1. 客廳：屋頂風扇，全新沙發
   2. 環境安寧，遠離街道
   3. 靠近公車站
   4. 三層樓，無電梯，不准飼養寵物
   5. 附加設施：游泳池和網球場
   6. 餐廳兼廚房

＜學生B＞

2. 你想租一間公寓，在報上看到這則廣告，你打電話去詢問。

   吉屋出租：
   附傢俱，兩房，信義路，不可養寵物，環境優美，交通方便，月租二萬。洽 7315172 大衛

   詢問事項
   房間：＿＿＿＿＿＿＿
   傢俱：＿＿＿＿＿＿＿
   環境：＿＿＿＿＿＿＿
   其他：＿＿＿＿＿＿＿

1. 你有一間公寓要出租，你的同伴打電話來詢問。

   ★ 詳細資料之提供
   1. 預留冷氣機位置
   2. 客廳：一套舒適的椅子，全舖式地毯
   3. 廚房有爐子和冰箱
   4. 第十層樓
   5. 鄰近購物中心
   6. 全天候安全警衛

LESSON 12

≪習題示範解答≫

（完成下列對話。）

(1) 對話

- A： Hello, I'm here about <u>the apartment</u>. 嗨，我是來看房子的。
  B： Come in, let me <u>show you around</u>. 請進，我帶你四處看看。

- A： How much <u>is the rent</u>? 租金多少呢？
  B： $ 300 a month, plus <u>utilities.</u> 月租金是三百元，再加上水電費。

- A： Does this apartment have <u>air-conditioning</u>? 這公寓有空調設備嗎？
  B： No, but there are ceiling fans. 沒有，但是有吊扇。

- A： How many rooms are there in this house ?
  這房子有幾間房間呢？
  B： This apartment has <u>two bedrooms</u> and <u>a combination dining-room-</u>
  <u>kitchen.</u> 有兩間臥室，和一間餐廳兼廚房。

(2) 卡通

① I'm calling about <u>the apartment you're advertising.</u>
我想問一下廣告上的那間公寓。
② Sure. <u>What would you like</u> to know? 是的，妳想知道什麼？

① Does the apartment <u>have a good view</u>? 那間公寓的視野好嗎？
② Yes, it's <u>on the tenth</u> floor, so it has a good view.
是的，它位於十樓，所以視野很好。

Lesson 13 I Totally Agree With You

聽老師唸
並跟著說。

(A) 讓我們一起來說

A： 你們公司眞不錯，但是有一個小問題。

B： 什麼問題？

A： 我們有一些同仁覺得貴公司太小了。

B： 我完全同意您的看法，這也正是我們將來之所以要擴建的原因。

A： 那目前呢？

B： 嗯，由於我們的顧客不多，所以我們會特別重視與貴公司的合作計劃。

A： 嗯……我們再聯絡好嗎？要說服管理部同意這項計劃可能不太容易

B： 當然，您請慢慢考慮。

(B) 讓我們一起來練習

（學習下列語句，並和同伴一起做練習。）

(1) 表示不同意

1. 正好相反。
2. 絕非如此。
3. 我不認爲是這樣。
4. 我不同意你的看法。
5. 我不贊同。
6. 我很懷疑。
7. 未必吧！
8. 我反對。
9. 當然不是。
10. 當然不是。
11. 絕對不是。
12. 根本不可能。
13. 我想我不太同意你的看法。
14. 我不贊成你的建議。
15. 這個嘛，我懷疑！
16. 我想你可能搞錯了。
17. 恐怕不是這樣吧！

LESSON 13

18. 我不認為是這樣。

19. 我不贊同你的說法。

20. 抱歉，但我必須反對你。

21. 我不認為是這樣。

22. 你的說法並不合理。

23. 那不可能吧！

● 練習 1

兩個人一組，輪流扮演提供和反對意見的角色，試著儘量使用不同的語句。

1. 我們最好將它延後一個禮拜。

2. 女主內。

3. 運動是浪費時間的。

4. 英語很難 / 容易。

5. 電視機是二十世紀最偉大 / 最糟的發明。

(2) **表示贊同**

24. 噢，是的。

25. 為什麼不呢？

26. 好的。

27. 沒錯。

28. 絕對是的。

29. 當然。

30. 那倒是真的。

31. 沒錯。

32. 確實是如此。

33. 的確是這樣。

34. 你說的一點兒也沒錯。

35. 我同意。

36. 我也這麼覺得。

37. 這就對了。

38. 當然。

39. 我贊成。

40. 你說得對！

41. 你說得對極了！

42. 你說的沒錯。

43. 當然！

44. 我正想這麼說哩！

45. 我完全同意你的說法。

46. 我正要這麼說哩！

LESSON 13

●練習2

　　兩個人一組，輪流扮演提供和贊成意見的角色，試著儘量使用不同的語句。

---

1. 和丹尼斯談話很輕鬆。

2. 湯姆的妹妹非常迷人。

3. 台北是世上最吸引人的城市之一。

4. 終生雇用制是個好制度。

5. 運動對健康有益。

(C) 讓我們一起來玩遊戲　　　　　　　　　●全班一起玩●

　　（學習下列句型，並和你的同學一起做這個活動。）

	不	認爲	是這樣的，	
我	不同意， 不贊成那樣， 無法贊同你的說法，			因爲……

恐怕	我無法贊同你的看法。 你搞錯了喔。 那是不可能的。 我和你意見不合。

你所說的	實在沒道理。 全都不對。

辯論

● 給老師

　　在課堂中，選出一件爭議性的事情來作辯論。然後分成兩隊，分別代表正方及反方（贊成和反對）。雙方要輪流就對方的觀念提出回應。除非每個人都發言過一次，否則一個人不可以發言兩次。

LESSON 13

● 以下是一些辯論的議題。任意選擇一個。

環 境 問 題

婦女所扮演的角色

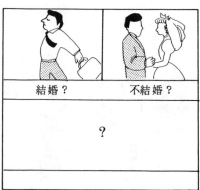

結婚？　　　不結婚？

？

(C) 讓我們一起來玩遊戲

● 兩個人一組 ●

（先學習下列的句型，並和你的同伴一起做這個活動。）

愛麗絲 麥姬 鮑伯	是	她的 他的	母親 孫女 叔叔

蓋兒 克里斯 他	是	她的 他的	哥哥的 叔叔的	堂姊。 姪女。 兒子。 表弟。

他們是 他是我	同母異父的兄弟 同父異母的兄弟	因為	他們的母親離過婚。 我們的父親再婚。

● 兩個人一組，輪流選擇圖上的任兩個角色。然後問你的同伴他們的彼此關係。
　舉例來說：

A： 麥姬和東尼是什麼關係？

B： 他們是姊弟。

LESSON 13

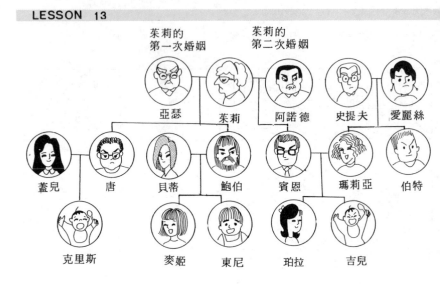

● 實用資訊

丈夫	祖父（外公）	前妻	繼女	岳父
前夫	兒子	母親	兄弟	姊夫／妹夫
孩子	孫子（外孫）	繼母	同父異母的兄弟 （母）（父）	女婿
父親	繼子	祖母（外祖母）	叔叔／伯伯	舅媽　兄姊（弟、妹）
繼父	太太	孫女（外孫女）	姪子	姪女　表（堂）兄妹

≪習題示範解答≫

（完成下列對話。）

(1) 對話

- A： I reckon him to be the best pianist in the world.
  我認為他是世界頂尖的鋼琴家。

  B： <u>I don't believe that</u>. 我可不這麼想。

LESSON 13

- A : The task is too tough for Mary. 那工作對瑪莉而言，太難了。
  B : I'm afraid I don't agree with you. 我想我不同意你的看法。

- A : Maybe he'll come to apologize. 也許他會來道歉。
  B : I doubt it. 我很懷疑。

- A : Elizabeth Taylor is the most attractive woman in the world.
    伊莉莎白・泰勒是世上最有吸引力的女人。
  B : You're quite right. 的確是。

- A : Woman are as intelligent as men. 女人和男人一樣聰明。
  B : You can say that again. 說得對極了。

(2) 卡通

① It's better to be single than married. 打光棍比結婚好得多了。
② I think so, too. 我也這麼認為。

① A woman's place is in the home. 女人就應該待在家裡。
② I object to that. 我反對那種說法。

Lesson **14** Review

(A) 讓我們一起來寫

（完成下列對話。）

1

A： I lost my wallet. 我的皮夾掉了。

B： What's your name please？請問你的貴姓大名？

A： Bob Young. 楊鮑伯。

B： Could you describe the wallet for me？
請你告訴我你的皮夾是什麼樣子的好嗎？

A： Sure— it's brown leather, about so big.
當然……咖啡色的，大概有這麼大。

B： How much did you have inside？裏面有多少錢呢？

A： About fifty dollars. Plus my driver's license and all
my credit cards. 五十元左右，還有駕照和所有的信用卡。

2

A： Why don't we go out together sometime？
我們找個時間一起出外玩怎麼樣？

B： I'd love to. When would you like to go out？
太棒了，什麼時候呢？

A： Are you free this weekend？這個週末你有空嗎？

B： Well, I have classes on Friday, but I'm free after that.
嗯，我禮拜五有課，但之後就沒事了。

A： Great！ Then what would you say to dinner and a movie？
太好了！那你覺得先吃個飯，再去看場電影如何？

B： Sounds nice. 聽起來真不錯喔！

LESSON 14

3

B : Hello, this is Lisa Welch. May I speak to Mr. Davis?
喂，我是莉莎・威爾屈，請找戴維斯先生聽電話好嗎？

A : I'm sorry, but Mr. Davis is out of the office.
對不起，戴維斯先生現在不在辦公室。

B : Do you know when he'll be back?
你知道他什麼時候會回來嗎？

A : Maybe later today. May I take a message?
晚一點吧，要我替您留話嗎？

B : Okay. Just tell him that Lisa Welch called.
好的，就告訴他莉莎・威爾屈來過電話了。

A : Got it. 好的。

4

A : Operator. May I help you? 接線生，我能為您效勞嗎？

B : I'd like to make a collect call to the United States,
please. 我要打一通對方付費的電話到美國，謝謝。

A : What number, please? 請問號碼是多少呢？

B : Area code (817) 485-0306.
區域號碼是817，電話號碼是485-0306.

A : And your name? 您的大名是？

B : John. 約翰。

A : Hold on, please. (*The phone rings.*)
請稍等。（電話鈴響了。）

C : Hello? 喂。

A : You have a collect call from John. Will you accept the
charges?
有一通約翰打來的付費電話，您願意負擔這些費用嗎？

C : Yes, I will. 是的，我願意。

A : Your party is <u>on the line</u>. Please go ahead.
對方已接通，請開始講吧。

5

A : Do you have any plans for tomorrow evening? Say around six?
你明天晚上有事嗎？大約6點左右？

B : Not yet. Why <u>do you ask</u>? 還沒有，有什麼事嗎？

A : My parents <u>would like to have you over for dinner</u>.
我父母親想請你過來吃個便飯。

B : Thanks... <u>I'd love to come</u>! 謝謝…我一定去！

A : They're <u>looking forward to</u> meeting you.
他們一直想看看你。

B : It was really <u>nice of them to invite me</u>.
他們能邀請我去，眞是太好了！

6

A : Good afternoon! <u>How nice</u> of you to come.
午安！你能來眞好。

B : I hope I didn't <u>catch you at a bad time</u>.
希望沒有打擾到你。

A : Oh, no, not <u>at all</u>. Please come in.
哦，不，一點也沒有。請進！

B : I haven't seen you for ages. 我好久沒看到你了。

A : I was going to call on you, but I <u>kept putting it off</u>.
我一直想去拜訪你，但又抽不出時間。

B : Hey! The house looks really nice! 嘿！你們家眞漂亮哪！

A : Thanks! Please sit down and <u>make</u> yourself <u>at home</u>.
謝謝！請坐，不要拘束。

LESSON 14

7

A : Can you take us? 你願意載我們嗎？

B : Sure. <u>Where to</u>, sir？當然，先生，要到哪裏呢？

A : The Hotel Milton, please. 米爾頓飯店，謝謝。

B : Please hop in. 請上車吧。

* * * *

A : Please <u>turn right</u> at the next corner. Let us <u>out</u> at the corner.

請在下一個街角右轉，我們要在轉角處那兒下車。

B : Here you are. 到了。

8

A : <u>Excuse me, how can I get</u> to the train station？
對不起，請問到火車站怎麼走？

B : See that intersection up <u>ahead</u>？
看到正前方那個十字路口了嗎？

A : Yes, I see it. 是的，看到了。

B : Turn there. Then <u>watch for</u> a 7-11.
在那邊拐個彎，就會看到一家統一商店。

A : Do I turn at the 7-11？要在統一商店那邊轉彎嗎？

B : No, go <u>straight ahead</u>. The station will be <u>on</u> your right.
不用，只要一直往前走，就會看到車站在你的右手邊。

9

A : Excuse me, <u>what time is it</u> now？
對不起，請問現在幾點？

B : It's fifteen after three. 三點十五分。

A : My watch must be slow. I'm an hour <u>behind</u>.
我的錶一定是慢了，差了一個小時呢 。

B : Well, I <u>set</u> mine <u>to the radio</u> this morning.
是啊，我今天早上才對過收音機的 。

10

A : <u>It's a beautiful day, isn't it ?</u> 今天天氣眞好，不是嗎 ?

B : It sure is. Spring came early this year.
的確是，今年的春天來得早 。

A : It <u>looks like</u> it's going to be a hot summer.
似乎會有個炎熱的夏季 。

B : I hope not. 希望不要 。

A : Does <u>it</u> get this hot in your country?
你們國家也這麼熱嗎 ?

B : Yes, but <u>there's not so much humidity.</u>
是啊，但是濕氣沒那麼重 。

11

A : <u>How much</u> vacation time do you get ? 你的假期有多長 ?

B : Only two weeks this year, but three weeks next year.
今年只有兩個禮拜，但是明年就會有三個星期 。

A : So where do you plan to <u>go for</u> your vacation ?
那麼，你準備到哪兒去度假呢 ?

B : I'm going to Europe. 我要去歐洲 。

A : Well, I hope <u>you have a good vacation.</u>
那祝你有個愉快的假期 。

LESSON 14

12

A : Hello. You're here about the apartment, aren't you?
嗨，你是來看房子的吧？

B : Yes. We talked over the phone last week.
是的，我們上個禮拜在電話中談過。

A : Come on in. Let me show you around.
請趕快進來吧，我帶你四處看看。

B : It seems kind of small. 好像小了點兒。

A : There are two bedrooms and a living room. And one bath.
有兩房一廳，以及一間浴室哩。

B : And the rent? 租金怎麼算呢？

A : Four hundred dollars a month, plus utilities.
一個月四百元，水電費另外算。

13

A : We're impreesd by your company, but there's one problem. 你們公司很不錯，但是有一個小問題。

B : What's that? 是什麼問題呢？

A : Some of us feel your company may be too small.
我們有一些同仁覺得貴公司太小了。

B : I totally agree with you. That's why we're expanding.
我完全同意您的說法，這也正是我們將來之所以要擴建的原因。

LESSON 14

(B) 讓我們一起來玩遊戲

1. 三個人一組。分別扮演A、B、C。
2. 每個人讀自己那部分的活動卡。不准偷看。
3. 看完活動1，接著繼續做活動2，依此類推。
4. 如果願意，你們可以再表演這齣短劇給全班看。

演 員 卡 ①		
A 你正在搭機前往紐約洽商。 現在,你準備通過海關。	**B** 以下是你將扮演的角色: ① 機場警察 ② 紐約羅傑公司的經理 ③ A 在台北的老闆:王大衛 ④ A 在紐約的老朋友: 李麥克	**C** 以下是你將扮演的角色: ① 海關官員 ② 計程車司機 ③ 飯店職員 ④ 接線生 ⑤ 羅傑公司老闆:洪傑森 ⑥ 李麥克的妻子:維琪

動 作 卡		
A₁ 通過海關之後,你發現皮包 被偷了。設法找個警察幫忙。	**B₁** 你是機場執勤的警察,你知 道在失物招領處有個皮包。 去看看是否就是 A 的皮包。	**C₁** 你現在是個海關官員。請執 行你的工作。
A₂ 找到皮包後,打電話給羅傑 公司的經理,請他來接你。	**B₂** 你就是公司的經理,等電話 鈴響。然後去迎接 A 並和 A 一同搭計程車到旅館。	**C₂** 你現在是一個計程車司機。 載 A 和 B 去格林飯店。
A₃ 你和 B 坐在計程車上。你問 B 有關這裡的天氣狀況。	**B₃** 根據情況作反應。	**C₃** 你告訴 A 和 B 明天的天氣預 報。

A₄
你和B到達飯店，你已經預先訂好房間。現在，到櫃台登記住宿。

A₅
從你住的房間打一通對方付費電話給在台北的老闆。

A₆
你代表公司，在會議中提出一項合作計劃。

A₇
找個藉口拒絕C的邀請，並改一個時間。然後問B如何到馬遜街，那是你的老友克住的地方。

A₈
出奇不意地前往拜訪你的老友麥克和他的太太維琪。

這一夜，你睡得很糟。現在，開會的時間到了。

B₄
和A約定明天早上十點鐘要開會。

B₅
你是王大衛，在等一通電話。

B₆
你又再度扮演經理了。適時對此計劃提出贊成與反對的意見。

B₇
畫張地圖給A，並且指示方向。

B₈
但是李麥克，你已經三年沒看到A了，對此情況作回應。

C₄
你是飯店的服務員，對此情況作回應。

C₅
在此活動中，你又再度扮演櫃台服務員和電話接線生，幫忙A吧！

C₆
你是羅傑公司的老闆，對這個計劃做一個最後的決定。

C₇
會議結束後，你邀請A今天晚上一起共進晚餐。

C₈
你是麥克的太太，端些飲料出來。

好好聊吧！

(B)LET'S PRACTICE示範解答

✤ LESSON 1 ✤

Practice 1

1. A: I've lost my wallet.
   B: Could you describe it for me?
   A: It's orange, with a velcro seal.
   B: How much did you have inside?
   A: About fifty dollars in travelers' checks. Plus my driver's license and student ID.
   B: Okay, we'll get in touch with you if it turns up.

2. A: I've had my wallet stolen.
   B: Where did this happen?
   A: On the bus.
   B: Hmmm. Can you desribe the contents?
   A: Um, about thirty dollars in cash, some credit cards, and my health card.
   B: Okay, please fill out this form. And you'd better call and cancel your credit cards.

Practice 2

1. A: What would you do if someone tried to rob you?
   B: I'd probably run away.
   C: Not me! I'd give him whatever he wanted.

1. A：我的皮夾丟了。
   B：能不能描述一下你的皮夾？
   A：是橘色的，封口有一道黏扣帶。
   B：裏面有多少錢？
   A：大約五十塊錢的旅行支票，再加上我的駕照和學生證。
   B：好的，如果發現，我們會跟你連絡。

2. A：我的皮夾被偷了。
   B：在什麼地方？
   A：在公車上。
   B：嗯，你能描述一下皮夾裏的東西嗎？
   A：哦，大概有三十元現金，幾張信用卡，和我的健康卡。
   B：好的，請填一下這張表格。你最好打電話去取消信用卡。

1. A：如果有人想要搶劫你，你怎麼辦？
   B：我可能會逃跑。
   C：我才不會呢！我會把他要的東西都給他。

2. A : Okay, suppose you went home and found out your house was on fire. What would you do?

B : I'd call the fire department.

C : Me too. But first I'd wake up the neighbors.

2. A : 好,假設你回家時,發現你的房子著火了,你會怎麼辦?

B : 我會打電話給消防隊。

C : 我也是,不過我會先把鄰居們叫醒。

3. A : What would you do if you lost your luggage?

B : I'd tell the airline desk.

C : I'd complain to one of the managers.

3. A : 如果你的行李丟了,你會怎麼樣?

B : 我會告訴航空公司的櫃台。

C : 我會找個經理,向他抱怨。

4. A : And what about if you ran your car into a streetlight?

B : I'd probably just drive away.

A : But what if the car won't start?

B : Then I'd have to call a tow truck.

4. A : 如果你的車撞上紅綠燈,你怎麼辦?

B : 我可能會開走了事。

A : 如果車子發不動呢?

B : 那我只好叫拖車了。

5. A : What would you do if you lost your passport?

B : While overseas? I'd have to go to the embassy.

C : I'd look around first to see if I could find it.

5. A : 如果你的護照丟了,你怎麼辦?

B : 在國外嗎?我會到大使館去。

C : 我會在周遭找找,看能不能找到。

6. A : What if somebody stole your camera?

B : I'd call the police.

C : What can they do? Things get stolen all the time.

A : Then what would you do?

C : Try to be more careful next time.

6. A : 如果有人偷了你的相機,你怎麼辦?

B : 我會報警。

C : 警察能做什麼?還不是一直有東西被偷!

A : 那你會怎麼辦?

C : 下回小心一點囉!

** velcro〔'vɛlkro〕*n.* 黏扣帶　***ID*** 證件(= *identification*)
turn up 出現　　　tow〔to〕*n.* 拖　***tow truck*** 拖車

❖ LESSON 2 ❖

Practice 1

A : Do you have any plans for this Tuesday?

B : I'm a little busy on Tuesday. Why?

A : Well, I was hoping we could go out.

B : How about Wednesday? I'm free then.

A : Wednesday's great. How about going dancing?

B : Sounds like fun! Let's meet here at 6:30, okay?

A：這個星期二你有沒有什麼計畫？

B：我星期二有點忙。什麼事？

A：嗯，我本來是希望我們可以出去的。

B：星期三好不好？那一天我有時間。

A：星期三，好啊！去跳舞怎麼樣？

B：聽起來蠻好玩的！我們六點半在這裏碰面，好嗎？

Practice 2

1. A : I'd like to discuss these plans with you. Could you come up to my office?

   B : Sure. What time would be convenient for you?

   A : Are you free this afternoon?

   B : Yes—how about three o'clock?

   A : Fine. I'll see you at three, then.

1. A：我想和你討論這些計畫。你能到我的辦公室來嗎？

   B：當然可以。你什麼時候方便？

   A：你今天下午有空嗎？

   B：有——三點鐘好不好？

   A：好。那就到時候見囉！

2. A : Hi, Janet. Are you doing anything tonight?

   B : No, why?

   A : I was wondering if you'd like to go to the movies.

   B : Okay. What movie do you want to see?

   A : Well, Rambo V starts at 9:00.

   B : Then why don't we have dinner first?

   A : All right, I'll pick you up at five.

2. A：嗨，珍娜。你今天要做什麼事嗎？

   B：沒有啊，有事嗎？

   A：不知道你想不想去看電影？

   B：好啊！你想看什麼電影？

   A：嗯，「藍波第五集」九點開演。

   B：那我們何不先吃晚餐呢？

   A：好啊！我五點來接你。

3. A : Bob! Long time no see!

B : You're right — it's been a long time.

A : Why don't you come over and visit sometime ?

B : Well, when would you like to get together ?

A : How about this Friday ? I'll cook some steaks.

B : Sounds great ! Okay, I'll be there !

4. A : Hello, Mr. Wilson...?

B : Yes ? May I help you ?

A : I'm Jeff Walker. I have an appointment at ten...?

B : Oh yes. Please come in, Mr. Walker.

5. A : Excuse me, Mrs. Heller ? Are you busy ?

B : No, no — come right in !

A : Sorry to barge in here without an appointment.

B : Think nothing of it. What can I do for you ?

6. A : Hello, Mr. Adams ? I'm Richard Baum. I'm a friend of Steve Russell's.

B : I'm pleased to meet you. How is Steve, by the way ?

A : Oh, he's fine. He asked me to give you this.

B : A letter ? Oh, it's a letter of introduction.

3. A : 鮑伯，好久不見！

B : 對啊——是很久了！

A : 你何不過來看看我呢？

B : 這個嘛，你想我們什麼時候碰頭呢？

A : 這個星期五怎麼樣？我來煮牛排。

B : 聽起來好棒！好，我一定到！

4. A : 嗨，威爾遜先生嗎？

B : 我就是。能幫你忙嗎？

A : 我是傑夫・渥克。我十點鐘跟您有約…

B : 噢，是的。請進，渥克先生。

5. A : 對不起，海勒太太，你在忙嗎？

B : 沒有，沒有——進來吧！

A : 事先沒約好就闖進來，真是抱歉。

B : 別放在心上。我能替你做什麼事嗎？

6. A : 嗨，是亞當斯先生嗎？我是理查・鮑姆。我是史帝夫・羅素的朋友。

B : 很高興見到你。哦，對了，史帝夫好嗎？

A : 噢，他很好。他要我把這個交給你。

B : 一封信？哦，是一封介紹信。

** ***barge in*** 闖入

✤ LESSON 3 ✤

Practice 1

1. A : Hello, this is John Wood. May I please speak with Mr. Brown ?

   B : Speaking. Hello, John.

2. A : Could you put me through to Mr. Smith, please ?

   B : What department, sir ?

   A : Sales.

   B : That would be extension 178. One moment, please. (*music*)

3. A : Hello, this is David. Is Jenny there ?

   B : I'm sorry, but there's no Jenny here.

   A : Oh, sorry — I must have the wrong number.

4. A : Hello, operator ? I've been cut off.

   B : Please hang up and dial again.

Practice 2

1. A : Hello, this is Scott Jameson. Is Mr. Oswald in ?

   B : I'm sorry, but Mr. Oswald's in a meeting right now. Can I give him a message ?

   A : Can you ask him to call me as soon as possible ? It's urgent.

2. A : Hello, this is Scott Jameson again. Is Mr. Oswald available now ?

---

1. A : 喂，我是約翰・伍德。我能不能和布朗先生講話？

   B : 我就是。嗨，約翰。

2. A : 請幫我接史密斯先生。

   B : 哪個部門呢，先生？

   A : 銷售部。

   B : 那要轉一七八號。請稍等。（音樂）

3. A : 喂，我是大衛。珍妮在嗎？

   B : 對不起，這裏沒有叫做珍妮的人。

   A : 噢，很抱歉 — 我一定是打錯電話了。

4. A : 喂，接線生嗎？我的電話被切斷了。

   B : 請掛斷，再重撥一次。

1. A : 喂，我是史考特・詹姆森。奧斯瓦先生在嗎？

   B : 很抱歉，奧斯瓦先生正在開會。要我留言給他嗎？

   A : 你能請他儘快打電話給我嗎？我有緊急的事情。

2. A : 喂，我是史考特・詹姆森。我又打來了，奧斯瓦先生現在方便嗎？

B : I'm afraid he's out of the off-ice, Mr. Jameson.

A : Do you know when he'll be back ?

B : Probably not until this after-noon.

3. A : Hello, is Mr. Oswald back yet? This is Jameson.

B : He's over in the marketing department. Here, let me transfer you.

** extension〔ɪk'stɛnʃən〕*n.*（電話）分機
transfer〔træns'fɝ〕*v.* 轉移

B：恐怕他不在辦公室吧，詹姆森先生。

A：你知道他什麼時候會回來嗎？

B：可能要到下午吧！

3. A：喂，奧斯瓦先生回來了嗎？我是詹姆森。

B：他在行銷部。這樣好了，我替你轉過去。

❖ LESSON 4 ❖

Practice 1

1. A : Hello, operator ? I'd like to make a collect call.

B : To what number ?

A : Area code (726) 938-2544. And I'm Christa.

2. A : I'd like to make a station call to Dallas. The number is (214) 908-3421.

B : One moment, please.

3. A : Hello, I'd like to make a person-to-person call to San Francisco.

B : What number, please ?

A : 132-6453. I don't know the area code.

B : That's all right. Who did you wish to speak to ?

A : Paul Wilson.

1. A：喂，接線生？我要打一通對方付費電話。

B：電話號碼是幾號？

A：區域號碼是七二六，九三八二五四四。我是克莉斯塔。

2. A：我想打一通叫號電話到達拉斯。號碼是（二一四）九〇八三四二一。

B：請稍候。

3. A：喂，我想打一通叫人電話到舊金山。

B：請問號碼是多少？

A：一三二六四五三。我不知道區域號碼。

B：沒關係。你要和誰通話？

A：保羅・威爾遜。

Practice 2

1. A : Hello, operator? I need to call someone at the Green Hotel, but I don't know the number.

   B : Why don't you try Directory Assistance at 903-2193?

   A : 903-2193. Got it. Thanks!

2. A : Hello, operator? I'd like to place an overseas call to Paris, but I don't know the city code.

   B : The country code for France is 33, and the code for Paris is 1. Will this be a person-to-person call or a station call?

3. A : Hello, operator, get me the fire department. This is an emergency!

   B : One moment, please....

   C : Hello, fire department.

Practice 3

1. A : Front desk, may I help you?

   B : Hello, I'd like to make an overseas call.

   A : Just a moment, sir. I'll transfer you to an outside line.

(*operator answers*)

A : Hello, international operator.

B : I'd like to make an overseas call to Germany.

A : Will that be a person-to-person call or a station call?

B : Make it a person-to-person call to Helmut Mann. My name is David Lee.

---

1. A：喂，接線生嗎？我想打電話到格林飯店，但是我不知道號碼。

   B：你何不打到查號台去問？電話是九〇三二一九三。

   A：九〇三二一九三。知道了,謝謝！

2. A：喂，接線生嗎？我想打一通國際電話到巴黎，可是我不知道區域號碼。

   B：法國的國家號碼是三三，巴黎的區域號碼是一號。你要打叫人電話還是叫號電話？

3. A：喂，接線生，幫我接消防隊！情況緊急！

   B：請稍等…

   C：喂，這是消防隊。

1. A：這裏是櫃台？我能爲您效勞嗎？

   B：喂，我想打一通國際電話。

   A：請稍等，先生。我替您轉外線。

(接線生接電話)

A：喂，這裏是國際接線生。

B：我想打一通國際電話到德國。

A：叫人還是叫號？

B：叫人，請海穆特‧曼接電話。我是李大衛。

A : What number, please ?

B : Country code 49, area code 8792. And the number is 92384.

A : One moment, please.... Mr. Mann is on the line. Please go ahead.

B : Hello, operator ? Could you please tell me the charge and the length of the call ?

A : One moment, please... The charge is twenty-six dollars and thirty cents for a twelve-minute call.

B : Thank you, operator.

** directory〔dəˈrɛktərɪ, daɪ-〕 *n.* 電話簿
Directory Assistance 查號台

A : 請問號碼是多少？

B : 國碼是四九，區域號碼是八七九二，號碼是九二三八四。

A : 請稍候…曼先生已經接通了，請講。

B : 喂，接線生嗎？請告訴我費用和通話時間好嗎？

A : 請稍等…費用是二十六塊三角，通話時間十二分鐘。

B : 謝謝你，接線生。

❖ LESSON 5 ❖

Practice 1 and 2

1. A : I would like to have you over for dinner.

   B : I accept your invitation with pleasure !

   OR

   B : That's very kind of you, but could we wait until after exams ?

2. A : I wonder if you'd like to go out to dinner tonight ? I know a great French restaurant....

   B : Thanks, I'd love to.
   OR
   B : I wish I could, but I have other plans.

1. A : 我想邀請你過來吃晚餐。

   B : 我很樂意接受你的邀請。

   或

   B : 你真好，但是能不能等到我考完試以後？

2. A : 不知道你今晚想不想出去吃飯？我知道一家很棒的法國餐館…

   B : 謝謝，我很樂意。
   或
   B : 但願我能去，不過我有其他計畫。

3. A: Why don't we go to the Rolling Stones concert this Friday?

   B: I accept your invitation with pleasure!

   OR

   B: Can we make it another day?

4. A: Let's go to the symphony sometime.

   B: I'd like that. When would you like to go?

   OR

   B: Thanks just the same, but I don't like classical music.

5. A: How about going to the art museum tomorrow afternoon?

   B: That sounds like fun.

   OR

   B: I have to work. Please ask me again some other time.

6. A: I'd like to invite you to my birthday party.

   B: Thanks. I'd love to come.

   OR

   B: It's nice of you to ask, but I have to study.

7. A: I was wondering if you'd like to go to the dance this Friday.

   B: Great! I'll be looking forward to it.

   OR

   B: I have another engagement on that day.

---

3. A: 這個星期五我們去聽滾石合唱團的音樂會怎麼樣?

   B: 我很樂意接受你的邀請。

   或

   B: 改天好不好?

4. A: 我們找個時間去聽交響樂吧!

   B: 好啊!你想什麼時候去?

   或

   B: 還是謝謝你,不過我不喜歡古典音樂。

5. A: 明天下午去美術館怎麼樣?

   B: 聽起來蠻有趣的。

   或

   B: 我得工作。請下回再邀我吧!

6. A: 我想邀你來參加我的生日宴會。

   B: 謝謝。我很樂意去參加。

   或

   B: 你邀請我真好,但是我得讀書。

7. A: 不知道這個星期五你想不想去參加舞會?

   B: 太棒了!我會期待舞會的到來。

   或

   B: 那天我有另一個約。

8. A: Let's go on a picnic this Satur-
day.
   B: I'd like that. I'll bring some
sandwiches.
             OR
   B: Can we change it to Sunday?

8. A：這個星期六咱們去野餐吧！
   B：我很樂意。我會帶一些三明治去。
             或
   B：能不能改到星期天？

9. A: I'd like to invite you to my
graduation ceremony.
   B: Thank you for the invitation!
I'm sure I can come.
             OR
   B: I wish I could come, but I
promised to go to my brother's
graduation.

9. A：我想邀請你來參加我的畢業典禮。
   B：謝謝你的邀請，我一定到。
             或
   B：但願我能去，不過我已經答應我弟弟去參加他的畢業典禮了。

** *the Rolling Stones* 滾石合唱團（美國著名之搖滾合唱團）
symphony〔'sɪmfənɪ〕 *n.* 交響樂   ceremony〔'sɛrə,monɪ〕 *n.* 典禮
graduation（*ceremony*）畢業典禮（= *commencement*）

✤ LESSON 6 ✤

Practice 1

1. A: David! Jane!
   B: How nice to have you visit us.
   C: Hello, Mr. and Mrs. Smith.
   A: Please come right in.
   B: May I take your coat?
   D: It's nice to see you again.
   A: Would you like something to
drink?
   C: Please don't trouble yourself.
   B: We have iced tea, coke, and
lemonade.
   D: Lemonade sounds good.
   C: Okay, lemonade for me, too.
   A: Two lemonades, coming up!

1. A：大衞！珍！
   B：你們來看我們，眞是太好了！
   C：嗨！史密斯先生，史密斯太太。
   A：請進來。
   B：我幫你拿外套好嗎？
   D：再次見到你們眞好！
   A：你們想喝點什麼嗎？

   C：請不要麻煩。
   B：我們有冰茶、可樂和檸檬水。

   D：檸檬水聽起來不錯。
   C：好，我也來一杯檸檬水。
   A：兩杯檸檬水，馬上就來！

2. A : Hello, Mr. and Mrs. Allen.
   B : Philip! Linda! Come on in!
   C : So how have you been doing?
   D : Just great! And you?
   A : We're doing okay.
   B : Here, make yourselves at home.

   B : Would you like some more meat?
   A : I've had enough, thank you.
   D : Well, help yourselves to any-
       thing you like.
   C : Would you pass me the salt,
       please?
   B : Here you are. How are the
       potatoes?
   A : Everything is delicious.

2. A : 嗨，艾倫先生，艾倫太太！
   B : 菲利浦，琳達！進來吧！
   C : 你們好嗎？
   D : 很好！你們呢？
   A : 我們還不錯。
   B : 來啊，請不要拘束喔！

   B : 還要不要再吃一點肉？
   A : 我已經夠了，謝謝！
   D : 嗯，想吃什麼，自己動手。

   C : 請把鹽遞給我。

   B : 給你。馬鈴薯好不好吃？

   A : 每一樣東西都好吃極了！

Practice 2

1. D : It was nice to see you again.
   B : Well, it was a pleasure having
       you over.
   C : Please come and see us some-
       time.
   A : We will! Please take care on
       your way home.

2. C : Thank you for the wonderful
       dinner.
   B : It was a pleasure having you.
   A : We enjoyed the night.
   D : Please come around again.

1. D : 再次見到你們真好。
   B : 你們能過來，我們很高興。

   C : 請你們改天來看我們。

   A : 我們會的。路上小心。

2. C : 謝謝你們豐盛的晚餐。

   B : 你們能來是我們的榮幸。
   A : 今天晚上我們很愉快。
   D : 請下次再來。

** lemonade〔͵lɛmən'ed〕*n.* 檸檬水

✤ LESSON 7 ✤

Practice 1

1. ① A : Excuse me, but how can I get to the city zoo?

   B : Bus 17 will take you there.

   A : Bus 17. Thanks!

   ② A : Can you tell me how to get to All Saints Church?

   B : Sure. Just take bus 18 and get off at the second stop after Central Station.

   ③ A : Which way to Central Station?

   B : Why don't you take either bus 18 or bus 12?

2. ① A : Excuse me, but does bus 17 go to the city zoo?

   B : Yes, it does.

   A : Great. Thanks!

   ② A : Can you tell me if bus 12 goes to City Hall?

   B : I'm afraid not. You'll have to switch to subway B from Central Station.

   ③ A : Does bus 18 go to the Royal Theater?

   B : Not from here. You'd better take subway B.

3. ① A : How many stops is it from the city zoo to the museum by bus 12?

   B : Let me see... five stops.

   A : Thank you very much!

   B : Don't mention it.

1. ① A : 請問市立動物園怎麼去？

   B : 搭十七路公車可以到。

   A : 十七路。謝謝！

   ② A : 你能告訴我萬聖教堂怎麼去嗎？

   B : 好的。搭十八路公車，在中央車站下兩站下車。

   ③ A : 中央車站怎麼去？

   B : 坐十八路或十二路公車。

2. ① A : 請問十七路公車到不到市立動物園？

   B : 到啊。

   A : 太好了！謝謝！

   ② A : 你能不能告訴我十二路公車到不到市政廳？

   B : 恐怕不到吧。你必須在中央車站轉地下鐵B。

   ③ A : 十八路公車到不到皇家戲院？

   B : 從這裏不行。你最好搭地鐵B。

3. ① A : 搭十二路公車從市立動物園到博物館有幾站？

   B : 我算算看…五站。

   A : 謝謝！

   B : 不客氣。

② A : How many stops is it from Central Station to Green Park by bus number 18?

　B : Get out at the fourth stop. That'll be Green Park.

③ A : Excuse me, but how many stops are there from A to Green Park?

　B : Four stops.

4. A : I must have taken the wrong subway. Can you tell me where I can transfer for Green Park?

　B : Sure. Either bus 17 or subway A will take you there.

Practice 2

1. A : Where to, lady?

　B : How much is it to go to the Hilton on London Street?

　A : Oh, about five dollars. Plus a dollar for each bag.

　B : Is it very far away?

　A : No, maybe half a mile. About a fifteen-minute ride.

2. A : How much is it to the airport?

　B : Let's see... that's about a thirty minute drive, so the fare would be around twenty dollars. Plus a dollar for each bag.

　A : I didn't realize it was so far.

　B : About fifteen miles, lady.

3. A : Excuse me, where can I find a taxi stand?

② A : 搭十八路從中央車站到格林公園共有幾站？

　B : 在第四站下車。那兒就是格林公園了。

③ A : 請問從 A 站到格林公園有幾站？

　B : 四站。

4. A : 我一定是搭錯地鐵了。你能不能告訴我，在哪裏轉車到格林公園？

　B : 當然可以。你可以搭十七路公車或地鐵 A。

1. A : 小姐，去哪裏？

　B : 到倫敦街的希爾頓飯店要多少錢？

　A : 哦，大概五塊錢；每個手提箱再加一塊錢。

　B : 很遠嗎？

　A : 不會，大約半英哩，差不多十五分鐘的車程。

2. A : 到機場要多少錢？

　B : 我想想看…大約要開三十分鐘，所以車費是二十元左右，每一個手提箱再加一塊錢。

　A : 我不知道有那麼遠。

　B : 大約有十五英哩，小姐。

3. A : 請問一下，哪兒有計程車招呼站？

B : Right around the corner.

A : Thanks !

C : Where to, lady ?

A : How close are we to the city museum ?

C : It's just up the street. About a ten minute ride.

A : How much would the fare be ?

C : Only about 50 or 60 NT. Hop in !

B：就在轉角那裏。

A：謝謝。

C：去哪裏，小姐？

A：市立博物館有多遠？

C：就延著這條街往上開，大約十分鐘的車程。

A：要多少車資？

C：只要台幣五、六十塊。上車！

** switch〔swɪtʃ〕 *v.* 轉變　*taxi stand* 計程車招呼站

✤ LESSON 8 ✤

Practice 1

1. A : Excuse me, but which way is the Royal Theater ?

   B : Straight ahead. You can't miss it.

1. A：請問一下，皇家戲院怎麼走？

   B：往前走就到了。不會找不到的。

2. A : How can I find the art museum?

   B : Turn right at the second block up ahead.

2. A：美術館在哪裏？

   B：向前走，在第二個街口右轉。

3. A : Can you tell me how to get to American Bank ?

   B : Go straight until you cross the river. It'll be on your left.

3. A：你能告訴我美國銀行怎麼去嗎？

   B：向前走。過河以後就在你的左手邊。

4. A : Which way is the train station?

   B : Go straight for two blocks, then turn right when you hit the railroad tracks. It'll be on the corner.

4. A：火車站怎麼走？

   B：往前走，過兩條街。碰到鐵軌時向右轉，火車站就在轉角。

5. A : Excuse me, how can I get to the post office ?

　　B : Turn left at the second inter- section up ahead. It's right on the corner, on your left.

5. A：請問一下，郵局要怎麼去？

　　B：前面第二個十字路口左轉。郵局就在左邊的轉角處。

Practice 2

1. A : Excuse me, but which way is the supermarket ?

　　B : It's two blocks up ahead, on the right.

1. A：請問超級市場在哪裏？

　　B：還要往前過兩條街，在右手邊。

2. A : How can I find City Hall ?

　　B : Turn left at the second street up ahead. It'll be on the left.

2. A：我怎麼走才能到市政廳？

　　B：在前面第二條街左轉，市政廳就在左邊。

3. A : Which way to the Green Hotel, please ?

　　B : It's on the next street over. Turn right at that street up ahead, then turn left at the first street after that. The Green Hotel will be on your right.

3. A：請問怎麼走可以到格林飯店？

　　B：飯店在隔壁那一條街。在前面那條街右轉，之後再在第一條街左轉，格林飯店就在右邊。

4. A : Can you tell me how to get to Sam's Restaurant ?

　　B : Sure. You'll have to turn around and go back one block. Turn left at the first intersec- tion. Sam's will be on the right, about two blocks down the street.

4. A：你能告訴我山姆餐廳怎麼走嗎？

　　B：當然可以。你必須往回走一個街區，然後在第一個路口左轉。山姆餐廳在右手邊，大約延著那條路走下去，過兩條街的地方。

5. A : Do you know the way to the Stewerts Department Store ?

　　B : I'm afraid not.

5. A：你知道史都華百貨公司要怎麼走嗎？

　　B：不知道吔！

** intersection〔,ɪntə'sɛkʃən〕 *n*. 交叉點；十字路口

✤ LESSON 9 ✤

Practice 1

A : It's 6:30 PM here. What time is it in New York?

B : It's 5:30 in the morning in New York.

A : Hi, Mom. How is life back in Madrid?

B : All right. What time is it where you are? It's 5:40 PM here.

A : It's 2:40 AM.

A : 此地現在是下午六點三十分。紐約是幾點？

B : 紐約現在是清晨五點三十分。

A : 嗨，媽！馬德里好不好？

B : 很好。你在那裏現在是幾點？這裏是下午五點四十分。

A : 這裏是半夜兩點四十分。

Taipei	2:40 AM	6:30 PM	5:45 PM	10:20 AM	9:00 PM
New York	1:40 PM	5:30 AM	4:45 AM	9:20 PM	8:00 AM
Hawaii	8:40 AM	12:30 AM	11:45 PM	4:20 PM	3:00 AM
Cairo	8:40 PM	12:30 PM	11:45 AM	4:20 AM	3:00 PM
Budapest	7:40 PM	11:30 AM	10:45 AM	3:20 AM	2:00 PM
Madrid	5:40 PM	9:30 AM	8:45 AM	1:20 AM	12:00 PM
Buenos Aires	2:40 PM	6:30 AM	5:45 AM	10:20 PM	9:00 AM
London	6:40 PM	10:30 AM	9:45 AM	2:20 AM	1:00 PM

台　　　北	凌晨 2:40	傍晚 6:30	下午 5:45	早晨 10:20	晚上 9:00
紐　　　約	下午 1:40	清晨 5:30	清晨 4:45	晚上 9:20	早晨 8:00
夏　威　夷	早晨 8:40	半夜 12:30	半夜 11:45	下午 4:20	凌晨 3:00
開　　　羅	晚上 8:40	中午 12:30	早晨 11:45	清晨 4:20	下午 3:00
布　達　佩　斯	晚上 7:40	早晨 11:30	早晨 10:45	凌晨 3:20	下午 2:00
馬　德　里	下午 5:40	早晨 9:30	早晨 8:45	半夜 1:20	中午 12:00
布宜諾斯艾利斯	下午 2:40	清晨 6:30	清晨 5:45	晚上 10:20	早晨 9:00
倫　　　敦	傍晚 6:40	早晨 10:30	早晨 9:45	凌晨 2:20	下午 1:00

Practice 2

1. A : When did World War Ⅱ end?

   B : It ended in 1945.

   A : When did people first walk on the moon?

   B : That happened on July 19, 1969.

2. A : When does Hong Kong go back to mainland China?

   B : It goes back in 1997.

1. A : 第二次世界大戰是什麼時候結束的?

   B : 是一九四五年結束的。

   A : 人類第一次登陸月球是什麼時候?

   B : 一九六九年七月十九日。

2. A : 香港何時重屬中國大陸?

   B : 一九九七年。

** Madrid〔məˈdrɪd〕*n.* 馬德里(西班牙首都)
   Cairo〔ˈkaɪro〕*n.* 開羅(埃及首都)
   Budapest〔ˌbjudəˈpɛst, ˌbu-〕*n.* 布達佩斯(匈牙利首都)
   Buenos Aires〔ˈbwenɔs ˈaɪres, ˈbonəsˈɛriz〕*n.* 布宜諾斯艾利斯(阿根廷首都)

❖ LESSON 10 ❖

Practice 1

A : How's the weather in London?

B : Mild, with cloudy skies.

A : And in Cairo?

B : It's hot and sunny in Cairo.

A : How about Dallas, Texas?

B : It's raining in Dallas.

A : What was the temperature in Taipei yesterday?

B : It was 18 degrees Celsius.

A : And how was the weather in Kaohsiung?

B : It was muggy in Kaohsiung yesterday.

A : 倫敦的天氣如何?

B : 很暖和,但是陰天。

A : 那開羅呢?

B : 開羅晴天,很熱。

A : 德州的達拉斯如何?

B : 達拉斯在下雨。

A : 昨天台北氣溫幾度?

B : 攝氏十八度。

A : 那高雄天氣如何?

B : 昨天高雄很悶熱。

Practice 2

1. A : It's really sunny today.
   B : Yeah, it's a good day to lie down and get a suntan.

2. A : The sky looks cloudy today.
   B : I wonder if it will rain?

3. A : This weather is awful, isn't it?
   B : Yeah. I hate rainy days.

4. A : It sure is windy today.
   B : It's starting to get cold!

5. A : Don't you love this wind?
   B : It feels great, doesn't it?

6. A : How much snow do you think we got today?
   B : Oh, maybe five or six inches.

7. A : What do you think of this fog?
   B : It's awful! I can't see a thing.

8. A : It sure is hot today.
   B : The humidity is pretty high, too.

9. A : Do you hear thunder?
   B : Yes, I think there's a storm coming.

---

1. A：今天眞是晴朗。
   B：是啊！今天是個躺下來曬曬太陽的好天氣。

2. A：今天天空看起來陰沈沈的。
   B：不知道會不會下雨？

3. A：這種天氣眞糟，對嗎？
   B：對啊，我討厭雨天。

4. A：今天風眞大。
   B：而且也冷起來了。

5. A：喜歡這種風吧？
   B：吹起來舒服極了，不是嗎？

6. A：你想今天會下多少雪？
   B：哦，或許五、六英吋吧！

7. A：你覺得這場霧怎麼樣？
   B：糟透了！什麼都看不見。

8. A：今天眞熱！
   B：濕度也相當高。

9. A：你有沒有聽見打雷？
   B：有啊，我想暴風雨就要來了。

** Celsius〔'sɛlsɪəs〕 *n.* 攝氏溫度計
（ = *Celsius thermometer*, *centigrade thermometer* ）
muggy〔'mʌgɪ〕 *adj.* 悶熱的   suntan〔'sʌntæn〕 *n.* 曬黑
humidity〔hju'mɪdətɪ〕 *n.* 濕度

✣ LESSON 11 ✣

Practice 1

A : Excuse me, Miss?

B : Yes? What can I do for you?

A : Could I have another whisky?

B : Certainly, sir. I'll bring you your whisky in a moment.

C : Oh Miss!

B : Just a moment ... yes?

C : Do you have a set of earphones?

B : Yes, we do. ...Excuse me, I'll be right back. Sir? Your light was on. Can I help you with anything?

D : Yes. I need an airsick bag. I'm going to throw up.

A : 小姐！

B : 您需要什麼東西嗎？

A : 能再給我一杯威士忌嗎？

B : 好的，先生。我一會兒就把您的威士忌送來。

C : 哦，小姐！

B : 請稍等…您叫我嗎？

C : 你們有沒有耳機？

B : 有的。…很抱歉，我馬上回來。先生，您的燈亮了，我能爲您做什麼嗎？

D : 是的，我要暈機袋。我要吐了！

Practice 2

A : May I see your passport, please?

B : Here you are.

A : How long will you be staying in the country?

B : Two weeks.

A : Any animal or vegetable products? Alcohol or tobacco?

B : No.

A : What's this?

B : Those are bananas, sir. For my own personal consumption.

A : Well... all right. Next!

A : 請讓我看看你的護照好嗎？

B : 在這兒。

A : 你要在本國停留多久？

B : 兩星期。

A : 有沒有携帶動、植物或煙酒？

B : 沒有。

A : 這是什麼？

B : 是香蕉，我自己要吃的。

A : 那…好吧。下一個！

✱✱ airsick bag 暈機袋　　***throw up*** 嘔吐

consumption〔kən'sʌmpʃən〕*n.* 消費

✤ LESSON 12 ✤

Practice 1

A : I'm calling about the room for rent. Is it still available?

B : Yes, it is.

A : How much are you asking a month?

B : 5000 NT, plus a security deposit.

A : Where is it located?

B : It's on the fifth floor, number 49, Ho Ping East Road Section 2.

A : Can I come by tonight to look at the room? Say, around seven?

B : Sure. Could I get your name, please?

A : 我想問問看出租的房間是不是還空著?

B : 是的。

A : 一個月租金多少?

B : 台幣五千塊,再加上押金。

A : 在哪裏?

B : 在和平東路二段四十九號五樓。

A : 今天晚上我能不能過來看看房間?大約七點鐘左右?

B : 當然可以。請問你的大名?

Practice 2

1. A : What do you think of the room?

   B : I like it! How much are you asking?

   A : 400 U.S. a month, plus utilities.

   B : I'll take it! And I'd like to move in as soon as possible.

2. A : How many rooms does this house have?

   B : Two bedrooms and one bath.

   A : Does it have air conditioning?

   B : I'm afraid not.

   A : It's kind of small. I'll have to think it over.

3. A : How much are you asking?

   B : 700 U.S.

1. A : 你覺得這個房間怎麼樣?

   B : 我喜歡。房租是多少?

   A : 一個月四百塊美金。水電費自付。

   B : 我租了!我想儘快搬進來。

2. A : 這房子有幾間房間?

   B : 兩間臥室,一間浴室。

   A : 有沒有空調設備?

   B : 沒有吧!

   A : 小了一點。我要考慮考慮。

3. A : 租金要多少?

   B : 美金七百塊。

A : Hmm. It's a little over my budget. What would you say to 500?

B : Let me talk it over with my wife.

A : 嗯，超出我的預算了！五百塊你說怎麼樣？

B : 讓我和我太太商量商量。

4. A : I've fixed the room up and given it a fresh coat of paint.

B : It looks very nice. Do you allow pets?

A : I'm afraid not.

B : That's too bad — I have a dog. I guess I'll just have to keep looking. Thanks for showing me around.

A : You're welcome.

4. A : 我整修過這個房間，還粉刷過。

B : 看起來很不錯。可不可以養寵物？

A : 恐怕不行哦！

B : 眞不巧 — 我有一隻狗。我想我只好再找了。謝謝你帶我看房間。

A : 不客氣。

** ***security deposit*** 押金；保證金
utilities〔juˊtɪlətɪz〕*n. pl.* 公共設施（水、電等）
budget〔ˊbʌdʒɪt〕*n.* 預算

❖ LESSON 13 ❖

Practice 1

1. A : We had better put it off until a week from now.

B : That sounds like a good idea.
　　　　　OR
B : I'm afraid I don't agree with you.

1. A : 我們最好延後一個星期。

B : 這個主意聽起來不錯。
　　　　　或
B : 恐怕我不同意。

2. A : I think a woman's place is in the home.

B : You can say that again.
　　　　　OR
B : I don't think so.

2. A : 女人應該待在家裏。

B : 你說得沒錯。
　　　　　或
B : 我不這麼認爲。

3. A: Don't you think sports are a waste of time?

   B: Absolutely.

OR

   B: You don't say so!

3. A: 你不認爲運動浪費時間嗎?

   B: 絕對是。

或

   B: 你不是眞心的吧!

4. A: English is very difficult.

   B: Indeed it is.

OR

   B: On the contrary, it's easy.

4. A: 英文很難。

   B: 的確如此。

或

   B: 剛好相反,英文很簡單。

5. A: Television is the greatest invention of the twentieth century.

   B: That's just what I was going to say.

OR

   B: I rather doubt it. What about the automobile?

5. A: 電視是二十世紀最偉大的發明。

   B: 那正是我要說的。

或

   B: 我相當懷疑。那汽車呢?

Practice 2

1. A: Dennis is very easy to talk with.

   B: That's true.

OR

   B: I disagree.

1. A: 和丹尼斯說話很輕鬆。

   B: 的確。

或

   B: 我不同意。

2. A: Tom's sister is very charming.

   B: Quite so.

OR

   B: I think otherwise.

2. A: 湯姆的妹妹很迷人。

   B: 的確如此。

或

   B: 我倒不這麼認爲。

3. A: Taipei is one of the most fascinating cities in the world.

3. A: 台北是世界上最吸引人的城市之一。

B: Oh, yes.
　　　　　OR
B: I don't believe so.

B：哦，是的。
　　　　　或
B：我並不這麼認爲。

4. A: The lifetime employment
　　　system is good.
　　B: Indeed it is.
　　　　　OR
　　B: No way.

4. A：終生雇用制度不錯。

　　B：的確不錯。
　　　　　　　或
　　B：才不呢！

5. A: Sports are good for your health.
　　B: You bet.
　　　　　OR
　　B: That's very unlikely.

5. A：運動對健康有益。
　　B：當然。
　　　　　　或
　　B：不太可能吧！

** ***You don't say so*** ！（表驚訝）那不會是眞的吧！
employment〔ɪmˈplɔɪmənt〕*n.* 雇用

(C) LET'S PLAY 示範解答

❖ LESSON 1 ❖

· For Student A

1. A： Is he pulling something?
   B： Yes.
   A： Is it something heavy?
   B： No, not really.
   A： Is it a sled?
   B： No!

1. A： 他是在拉一樣東西嗎？
   B： 是的。
   A： 是不是一樣很重的東西？
   B： 也不盡然。
   A： 是雪橇嗎？
   B： 不是。

· For Student B

6. B： Is he in the doctor's office?
   A： Yes.
   B： Is there a doctor in the picture?
   A： Yes--you win.

6. B： 他是不是在醫生的診療室裏？
   A： 對。
   B： 圖裏是不是個醫生？
   A： 對——你贏了！

＊＊ sled〔slɛd〕*n.* 雪橇

❖ LESSON 2 ❖

A： I think Bill would make a good
   branch manager, because he has
   an MBA.

B： If we hire Bill, then we have
   to hire Skip.

A： Since Sarah has experience, she
   ought to be able to manage well.

B： And Angela might make a good
   salesperson, because she worked
   in Africa.

A： 我想比爾應該可以勝任分公司經
   理的職位，因為他是企管碩士。

B： 如果我們雇用比爾，那就一定只
   能雇用史吉了。

A： 因為莎拉有經驗，所以應該能當
   個不錯的經理。

B： 而安吉拉應該是個不錯的推銷員，
   因為她曾經在非洲工作。

A : Her skills will come in handy.

　　A：她的技巧遲早會派上用場的。

　＊＊ MBA 企管碩士（＝*Master of Business Administration*）
　　come in handy 遲早會有用處

❖ LESSON 3 ❖

（ *See page 15* ）　　　　　　　　（見本書 15 頁）

❖ LESSON 4 ❖

A : Excuse me, I want to get my
　driver's license. What do I have
　to do?

　　A：請問一下，我想領取駕駛執照，
　　　　該怎麼辦？

B : Well, first you have to fill out a
　form.

　　B：這個嘛，首先你必須填一張表格。

A : Okay. Then what?

　　A：好的。然後呢？

B : Then you have to take an eye exam.

　　B：然後你必須做視力檢查。

A : I see. What's next?

　　A：我知道了。再來呢？

B : Next you take the driving test.

　　B：再來你就去考路考。

A : Is that all?

　　A：就這樣嗎？

B : Well, finally you have to pay a fee.

　　B：嗯，最後，你必須去繳錢。

A : Oh, I see. Thanks.

　　A：哦，我知道了。謝謝！

❖ LESSON 5 ❖

・For Student A

A : Hey Bill, do you have any plans for
　dinner?

　　A：嗨，比爾，你晚餐想怎麼吃呢？

B : No, why?

　　B：沒有。你為什麼問？

A : I know a great little Italian
　restaurant called "Giovanni's
　Café Italiano." Have you ever
　been there?

　　A：我知道一家很棒的小義大利餐廳
　　　　叫做「吉歐凡尼」。你去過沒有？

B： No，let's try it. I love Italian food.

B： 沒有，我們去試試看吧！我喜歡吃義大利菜。

· For Student B

B： Why don't we go out for some Mexican food?

A： Okay，do you know of a good Mexican restaurant?

B： Well，there's Taco Joy. They serve Mexican food, barbecue, and other popular Texas dishes.

A： Okay，let's go there.

B： 我們去吃墨西哥菜好不好？

A： 好啊，你知道什麼不錯的墨西哥餐館嗎？

B： 嗯，「塔可喬」！他們有墨西哥菜、串烤燒肉和其他有名的德州菜。

A： 好，咱們就上那兒去吧！

** barbecue〔'bɑrbɪˌkju〕*n.* 串燒肉（亦作 *barbeque*）

✦ LESSON 6 ✦

A： We need to send invitations by Friday.

B： I have some time Friday morning. I can do that.

A： And I'll pick up the food Saturday afternoon.

B： Don't forget--we need to borrow a stereo.

A： Are you free Friday night?

B： Yes，I'll do it if you'll lend me your car.

A： 我們必須在星期五之前寄出邀請函。

B： 星期五早上我有時間，這件事我來做。

A： 那星期六下午我去把吃的拿回來。

B： 別忘了——我們得去借一套立體音響。

A： 星期五晚上你有沒有空？

B： 有啊！如果你把車借給我，這件事就交給我了。

** stereo〔'stɛrɪo，'stɪrɪo〕*n.* 立體音響

✦ LESSON 7 ✦

（ *See page 40* ）

（見本書第 40 頁）

❖ LESSON 8 ❖

A : Excuse me, could you tell me where the Royal Theater is?

B : Go straight down the street for two blocks. Then turn right at the second intersection.

A : And then I'll be there?

B : Yes. The Royal Theater is on the left.

A : 請問一下，你能告訴我皇家戲院在哪裏嗎？

B : 延著這條街往下走，過兩個街區，然後在第二個路口右轉。

A : 這樣就到了嗎？

B : 是的，皇家戲院就在你的左手邊。

❖ LESSON 9 ❖

A : How often do you get a haircut?

B : I get a haircut once a month. And you?

A : I go every three weeks.

B : How often does Tony get his hair cut?

A : Every two weeks. What about Mary?

B : Mary never gets her hair cut.

A : 你多久剪一次頭髮？

B : 我一個月剪一次。你呢？

A : 我三個星期剪一次。

B : 東尼多久剪一次頭髮？

A : 每兩個星期。那瑪麗呢？

B : 瑪麗從來不剪頭髮。

❖ LESSON 10 ❖

A : What's the temperature in Burns for tomorrow?

B : Tomorrow's temperature will reach 72°F.

A : What's the weather forecast for Salem?

B : The weather forecast says it will be cloudy.

A : 明天伯恩斯的氣溫如何？

B : 明天的氣溫會達到華氏七十二度。

A : 沙樂的氣象預報怎麼說？

B : 氣象預報說是陰天。

A: I think it will rain along the coast.
B: So do I.

A: 我想明天沿岸會下雨。
B: 我也是。

· **A weather forecast for North Bend**

(*See page 57*)

· 北灣的天氣預報

(見本書 57 頁)

❖ LESSON 11 ❖

A: What did the Smith Family do in Dallas, Texas?
B: They visited Southfork Ranch.

A: 史密斯一家在德州的達拉斯做了些什麼?
B: 他們參觀了南叉牧場。

A: How did they get there?
B: They went by train. By the way, where is that mountain with four heads carved into it?

A: 他們怎麼去的?
B: 他們是坐火車去的。哦,對了,那座刻了四個人頭的山是什麼地方啊?

A: That's Mt. Rushmore, in Wyoming.

A: 那是懷俄明州的羅西摩爾山。

** ranch〔ræntʃ〕*n.* 牧場

❖ LESSON 12 ❖

1. A: Hello, I'm calling about the apartment. Is it still available?
   B: Yes, it is.
   A: How many rooms does it have?
   B: There are three bedrooms and one bath.
   A: Does it have air-conditioning?
   B: No, but there's space for an air-conditioning unit.

1. A: 喂,我想問問公寓的事。是不是還空著?
   B: 是的,還空著。
   A: 有幾個房間?
   B: 三間臥室、一間浴室。
   A: 有沒有冷氣(空調)?
   B: 沒有,但是有預留裝冷氣機的位置。

2. A: Hello, I'm calling about your ad for an apartment.

2. A: 喂,我想問問看你登廣告的那間公寓。

A: Great. What would you like to
know?

B: Well, does it have a kitchen?

A: Yes, there's a combination
dining room and kitchen.

A: 太棒了！你想知道什麼？

B: 嗯，有沒有廚房？

A: 有。有一間餐廳兼廚房。

** ad〔æd〕*n.*〔美俗〕廣告（爲 *advertisement* 之略語）

❖ LESSON 13 ❖

· **For the whole class**

A: Women ought to think less about
starting a family and more about
their careers.

B: But then they would put men out
of work. Besides, who's going to
take care of the children?

C: That's another thing--child custody
laws in Taiwan discriminate against
women. So do divorce laws.

D: All right, then--do you think women
should have to join the army?

·全班

A: 婦女應該少關心建立家庭的事，
而多關心自己的事業。

B: 這樣男人會失業的。此外，誰來
照顧小孩呢？

C: 那又是另一回事了—— 台灣有關
小孩監護權的法律根本就歧視婦
女。有關離婚的法律也一樣。

D: 好，那麼—— 你認爲婦女應不應
該當兵？

· **Work in pairs**

A: How are Bob and Ben related?

B: They are half-brothers.

A: And what about Arnold and Betty?

B: They're stepfather and step-
daughter.

·兩人一組

A: 鮑伯和賓恩是什麼關係？

B: 他們是同母異父的兄弟。

A: 那阿諾德和貝蒂呢？

B: 他們是繼父繼女的關係。

** career〔kə'rɪr〕*n.* 事業　　custody〔'kʌstədɪ〕*n.* 監護
discriminate〔dɪ'skrɪməˌnet〕*v.* 差別待遇；區別
discriminate against 歧視…

✣ LESSON 14 ✣

1. C: How long will you be staying in the U.S.?
   A: Two weeks.
   C: And what is your purpose of travel?
   A: I'm here on business.
   C: Anything to declare?
   A: No.

※ ※

A: Sir, I'd like to report a stolen wallet.
B: Did you see the person who took it?
A: No, I just discovered it missing.
B: Could you describe the wallet for me, please?
A: Sure. It's black leather, and it has about two hundred dollars worth of travelers' checks inside.
B: And your name? A? One moment, please. (*On telephone.*) Hello, this is Sergeant B in terminal 7. Do you have a black leather wallet belonging to Mr. A?
C: Let me see... We sure do. Yes, I'll hold it here for him, officer.
B: (*To A*) Your stolen wallet is waiting for you in the lost and found.
A: (*Embarrassed*) Oh, thank you very much!

1. C：你要在美國停留多久？
   A：兩星期。
   C：你來美國做什麽？
   A：我是來洽商的。
   C：有沒有東西要申報？
   A：沒有。

※

A：警官，我要報案——我的皮夾被偷了。
B：你看見偷皮夾的人了嗎？
A：沒有，我剛剛發現皮夾遺失。
B：能不能請你跟我描述一下你的皮夾？
A：好的。我的皮夾是黑色、皮製的，裏面大約有兩百元美金的旅行支票。
B：你的名字是？A？請稍等。（講電話。）喂，我是B警官，我現在在航站大樓七號。你們那裏有沒有一個A先生的黑色皮夾？
C：我看看…有吔。我這兒會替他保管，警官。
B：（對A說）你那個被偷的皮夾正在失物招領處等著你呢！
A：（很糗地）哦，非常謝謝你。

2. A : Hello, this is A. Is Mr. B in,
       please?

   B : Speaking. Mr. A! How nice it
       is to hear from you!

   A : You too! Listen, I'm at the
       airport now…

   B : Say no more! I'll be there in
       about twenty minutes, okay?

   A : Great! I'll meet you at the
       coffee shop.

3. B : A! How have you been?

   A : Great! And you?

   B : I'm doing all right. Come on,
       let's catch a taxi.

   ※   ※

   C : Where to?

   A : The Green Hotel, please.

   C : Sure. (*Starts driving*)

   A : So B, tell me--is it always this
       hot in New York?

   B : Oh no. In fact, we may have
       some rain before long. (*To
       driver*) Did you happen to hear
       the weather forecast?

   C : Yes--there's a fifty percent
       chance of rain tomorrow, with
       an afternoon high of about 62.

   A : Thanks!

4. C : May I help you, sir?

   A : Yes, I'd like to check in, please.

   C : Do you have a reservation?

   A : Yes, I do. My name's A.

---

2. A : 喂，我是A。請問B先生在不
       在？

   B : 我就是。A先生，聽到你的消
       息真好！

   A : 我也一樣。告訴你，我現在正
       在機場…。

   B : 不用多說！我大約二十分鐘之
       後到，好不好？

   A : 太棒了！我們在咖啡廳碰面。

3. B : A！你好嗎？

   A : 很好！你呢？

   B : 還不錯啦！來吧，我們去搭計
       程車。

   ※

   C : 上哪兒去？

   A : 請到格林飯店。

   C : 好的。（ 開車 ）

   A : B，告訴我，紐約總是這麼熱
       嗎？

   B : 嗯，不是的。事實上，不久以
       前我們這兒才下過雨。（ 對司
       機說 ）你有沒有聽氣象預報？

   C : 有－－明天有百分之五十的機
       會會下雨；下午最高氣溫大約
       是（ 華氏 ）六十二度。

   A : 謝謝！

4. C : 我能為您服務嗎，先生？

   A : 是的，我要辦住宿登記？

   C : 您有沒有預約？

   A : 有。我叫A。

C : Could you spell that for me, please?

A : Sure : A .

C : Oh, here it is. Here's your key, Mr. A. I'll ring for a bellboy to help you with your bags.

A : Thank you. (*To B*) Well, it looks like I'm all checked in. Listen, thank you for picking me up at the airport.

B : It's my pleasure. Do you have time for a meeting tomorrow morning?

A : Sure. How about ten o'clock?

B : Ten o'clock is great. And in the meantime, I could show you around if you like.

A : Thanks anyway, but I'm feeling a little tired.

5. A : Hello, front desk? I need to place a collect call to Taiwan.

C : Just a moment, sir. I'll put you through to the international operator. (*In a different voice*) Hello, international operator.

A : I need to make a collect call to Taiwan.

C : What number, sir?

A : Area code (02) 304-3525. And I'm A.

C : Please hold. (*Phone rings*.)

B : Hello?

C : You have a collect call from A. Will you accept the charges?

B : Yes, I will.

C：請您拼出來給我聽，好嗎？

A：好：A。

C：哦，找到了。A先生，這是你的鑰匙。我會按鈴叫服務生來替您提行李。

A：謝謝。（對B說）嗯，看來我已經辦好住宿手續了。跟你說很謝謝你到機場來接我。

B：這是我的榮幸。明天早上你有沒有時間開個會？

A：有啊！十點鐘怎麼樣？

B：十點鐘，很好。還有，如果你想四處逛逛的話，我可以帶你去。

A：謝謝你，不過我有點累了。

5. A：喂，櫃台嗎？我要打一通對方付費電話到台灣。

C：請稍等，先生。我替您轉國際接線生。（用不同的聲調）喂國際接線生。

A：我要打一通對方付費電話到台灣。

C：幾號，先生？

A：區域號碼是○二，三○四三五二五。我是A。

C：請稍等。（電話鈴響。）

B：喂！

C：有一通A打來的對方付費電話，你願意付費嗎？

B：願意。

C : (*To A*) Your party is on the line. Go ahead, sir.

A : Hello? David?

6. A : My company would like to enter into a cooperation agreement with you on a fifty-fifty basis.

B : We're interested in a cooperation agreement too, A. But I'm afraid we couldn't consider anything less than 70 percent.

A : What if we could guarantee a monthly quantity of at least 5000 units?

B : Hmmm. I'll have to discuss it with my boss. Can I get back to you on this?

C : Well, how did it go?

B : Great! I think we can get him up to at least sixty percent.

C : Hmm. That would give us a profit margin of only forty-five percent. Oh well.

B : And guess what? He's going to guarantee a monthly quantity of 5000 units!

C : Ha ha ha! Keep up the good work, B.

7. C : In the meantime, my wife and I would like to invite you to dinner tonight.

A : That's very nice of you, but I promised to visit my old friend Mike. Can we do it tomorrow?

C : Sure, no problem. Tomorrow it is, then.

C : （ 對A說 ）對方已經接通了。請講 , 先生 。

A : 喂 , 大衛嗎 ？

6. A : 我們公司想和你們訂個五五分帳的合作契約 。

B : 我們對合作契約也很有興趣 ， A 。但是我們恐怕不會接受百分之七十以下的利潤 。

A : 但是如果我們保證每個月至少給你們五千套呢 ？

B : 唔 ，這得和我們老闆討論討論。我們等會兒再繼續談好嗎 ？

C : 嗯 , 談得怎麼樣了 ？

B : 很好 ！我想我們至少可以讓他加到百分之六十 。

C : 唔 ，這樣我們至少還有百分之四十五的利潤 。哦 , 不錯 。

B : 而且你知道嗎 ？他要保證每個月給我們五千套吧 ！

C : 哈哈哈！或果輝煌,繼續努力, B ！

7. C : 還有 , 我太太和我今晚想請你吃飯 。

A : 你們眞好 , 不過我已經答應了我的老朋友麥克要去看他。能不能改明天 ？

C : 當然沒問題,那就決定明天了!

A : By the way, can you tell me how to get to Maple Street?

B : Here, I'll draw you a map. Go up Main Street until you come to the zoo. Then turn right. That's Maple Street.

A : Thanks!

8. A : Mike! Long time no see!

B : A! What a surprise!

A : How have you been, Mike?

B : Just great! A, I'd like you to meet my wife Vicky, Vicky, this is A.

A : Pleased to meet you.

C : Can I get you a drink, A? Coffee or tea?

A : Thanks! I could use a cup of coffee.

A : 對了, 你們能不能告訴我馬波街怎麼去?

B : 來, 我給你畫張圖。沿著緬恩街往上走, 一直走到動物園, 然後右轉, 就是馬波街了。

A : 謝謝!

8. A : 麥克, 好久不見!

B : A, 是你啊!眞是出人意外啊!

A : 你好嗎, 麥克?

B : 很好!A, 請來見見我太太維琪。維琪, 這是A。

A : 很高興見到你。

C : 要我替你拿飲料嗎, A?咖啡還是茶?

A : 謝謝!我要一杯咖啡。

** sergeant 〔'sɑrdʒənt 〕 *n.* 警官　　terminal 〔'tɜmənļ 〕 *n.* 航站大樓
the lost and found 失物招領處 (= *lost-and-found office*)
margin 〔'mɑrdʒɪn 〕 *n.* 毛利;最低收益點

Editorial Staff

● 企劃・編著 / 陳怡平
● 英文撰稿 / David Bell
● 校訂
　　劉　毅・陳威如・王慶銘・王怡華
　　陳瑠琍・許碧珍・劉馨君・林順隆
● 校閱
　　Nick Veitch・Joanne Beckett
　　Thomas Deneau・Stacy Schultz
　　David M. Quesenberry・Kirk Kofford
　　Francesca A. Evans・Jeffrey R. Carr
　　Chris Virani・林佩汀・程文嬌
● 封面設計 / 張鳳儀
● 插畫 / 王孝月
● 版面設計 / 張鳳儀・林惠貞
● 版面構成 / 王孝月・張端懿・白雪嬌
● 打字
　　黃淑貞・倪秀梅・蘇淑玲・吳秋香・徐湘君

說英文高手 | 與傳統會話教材有何不同？

1. 我們學了那麼多年的英語會語，為什麼還不會說？

我們所使用的教材不對。傳統實況會話教材，如去郵局、在機場、看醫生等，勉強背下來，哪有機會使用？不使用就會忘記。等到有一天到了郵局，早就忘了你所學的。

2.「說英文高手」這本書，和傳統的英語會話教材有何不同？

「說英文高手」這本書，以三句為一組，任何時候都可以說，可以對外國人說，也可以和中國人說，有時可自言自語說。例如：你幾乎天天都可以說：What a beautiful day it is! It's not too hot. It's not too cold. It's just right. 傳統的英語會話教材，都是以兩個人以上的對話為主，主角又是你，又是別人，當然記不下來。「說英文高手」的主角就是你，先從你天天可說的話開始。把你要說的話用英文表達出來，所以容易記下來。

3. 為什麼用「說英文高手」這本書，學了馬上就會說？

書中的教材，學起來有趣，一次說三句，不容易忘記。例如：你有很多機會可以對朋友說：Never give up. Never give in. Never say never.

4. 傳統會話教材目標不明確，一句句學，學了後面，忘了前面，一輩子記不起來。「說英文高手」目標明確，先從一次說三句開始，自我訓練以後，能夠隨口說六句以上，例如：你說的話，別人不相信，傳統會話只教你一句：I'm not kidding. 連這句話你都會忘掉。「說英文高手」教你一次說很多句：

I mean what I say.
I say what I mean.
I really mean it.

I'm not kidding you.
I'm not joking with you.
I'm telling you the truth.

你唸唸看，背這六句是不是比背一句容易呢？能夠一次說六句以上英文，你會有無比興奮的感覺，當說英文變成你的愛好的時候，你的目標就達成。

✌「**說英文高手**」為劉毅老師最新創作，是學習出版公司轟動全國的暢銷新書已被多所學校採用為會話教材。本書適合高中及大學使用，也適合自修。

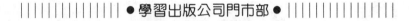

|||||||||||| ●學習出版公司門市部● ||||||||||||||||

台北地區：台北市許昌街 10 號 2 樓 TEL：(02)2331-4060・2331-9209
台中地區：台中市綠川東街 32 號 8 樓 23 室
　　　　　TEL：(04)2223-2838

||||||||||||||||||||||||||||||||||||||||||||||||

ALL TALKS 教師手冊

編　　著 / 陳怡平
發　行　所 / 學習出版有限公司　　　　☎ (02) 2704-5525
郵 撥 帳 號 / 0512727-2 學習出版社帳戶
登　記　證 / 局版台業 2179 號
印　刷　所 / 紅藍彩藝印刷股份有限公司
台 北 門 市 / 台北市許昌街 10 號 2 F　　☎ (02) 2331-4060・2331-9209
台 中 門 市 / 台中市綠川東街 32 號 8 F 23 室　　☎ (04) 2223-2838
台灣總經銷 / 紅螞蟻圖書有限公司　　☎ (02) 2799-9490・2657-0132
美國總經銷 / Evergreen Book Store　　☎ (818) 2813622

售價：新台幣一百八十元正
2002 年 1 月 1 日一版二刷